相思传系列

U1003477

【少年游】

你回头，我就在你身后

杨千紫 著

漓江出版社
桂林

图书在版编目(CIP)数据

少年游·你回头,我就在你身后/杨千紫 著. —桂林:漓江出版社, 2018.3
(相思传)
ISBN 978-7-5407-8390-7

Ⅰ. ①少… Ⅱ. ①杨… Ⅲ. ①故事-作品集-中国-当代 Ⅳ. ①I247.81

中国版本图书馆 CIP 数据核字(2018)第 006373 号

策　　划:景迷霞
责任编辑:周向荣
助理编辑:景迷霞
装帧设计:何　萌
封面插画:戴昕华
责任营销:景迷霞

出版人:刘迪才
漓江出版社有限公司出版发行
广西桂林市南环路 22 号　邮政编码:541002
网址:http://www.lijiangbook.com
全国新华书店经销
销售热线:0773-2583322

北京汇瑞嘉合文化发展有限公司
(北京市经济技术开发区荣华南路 10 号院　邮政编码:100176)
开本:880mm×1 230mm　1/32
印张:8.75　字数:130 千字
2018 年 3 月第 1 版　2018 年 3 月第 1 次印刷
定价:38.00 元

如发现印装质量问题,影响阅读,请与承印单位联系调换。
(电话:010-67817768)

目录

如果没有你

我一直以为许扬一喜欢的人是杨落落。

当时看着他厚厚的日记，我还曾酸溜溜地问他："你很喜欢那个女孩子吧？既然这样，你为什么不跟她说呢？"

许扬一侧过头来看我，细碎的刘海垂在额前，眼神忽然流露出说不出的落寞。他只是幽幽地说："她有喜欢的人了。所以我没有必要说，她也没有必要知道。"

一

安宸坐在我斜前方的位置上，每当我回答不出老师的问题时，他总是会把脸向后侧45度，偷偷地在书桌里把答案指给我看。也许是因为他的细心体贴，也许是因为他好看的侧脸，也许是因为他宇宙无敌的学习成绩……总之，这个樱花纷飞的春天，我莫名其妙并且不可救药地喜欢上了安宸。

于是别有用心地跟安宸参加了同一个社团，每逢周五晚上都要活动到很晚。安宸是个温和得像小绅士一般的人，也会体贴地说："恩桐，我送你回家吧。"我心花怒放，刚要答应，却忽然想到许扬一此时正在校门口等我，只得摇摇头说："不用了，我自己回去就可以了。"心中默默地怨恨了一万次——我为什么要跟许扬一做邻居呢？

电视剧上总是说，喜欢一个人是不需要理由的。

那么，不喜欢一个人呢？是不是也一样不需要理由呢？

第一次见到许扬一的时候我才六岁。那时刚搬了新家，妈妈把一个比我矮半头的小男孩推到我面前，说："恩桐，这是妈妈好朋友的儿子，就住在隔壁。你们一起玩吧。"

我的噩梦就此开始。

当时我歪着脑袋看着比我矮了半个头的许扬一，把怀里的布娃娃递过去，怯怯地说："我们……玩什么好呢？"

许扬一没有回答我，只是瞪大了眼睛眼神倔强地看我，忽然一把将我的娃娃丢在地上，然后恶狠狠转过身，扬长而去。

我莫名其妙地看着他的背影，怔怔地好半天，才"哇"的一声哭出来。我看起来很讨厌吗？他为什么要这么对我呢？从那以后我就很不喜欢许扬一，甚至有些怕他，见了面也不敢跟他说话，只是远远地站在角落里，都不敢多看他一眼。可是尽管第一次见面很不成功，我和许扬一还是不可避免地总要被凑到一起。我的父母跟他的父母工作都很忙，于是约好了轮流来接送我们上下学，我们时常要在对方家做功课做到很晚，等到自家父母下班之后才可以回家。从小学到初中，一路走下来，感情未见加深多少，一起上学放学的习惯却变得根深蒂固起来。

转眼就读到高中。比起小时候，我跟他都变了很多。可是我仍然不喜欢许扬一，一点都不喜欢。尽管他五官精致，皮肤白皙，身材修长，不笑的时候，下巴的弧线美得宛如雕塑，走在学校里常常能吸引无数女生泛着红心的目光。

喜欢一个人是一种缘分。

不喜欢一个人，可能也是一种缘分吧。

很久很久之后我才知道，我跟许扬一之间的缘分被藏在了骄傲背后，所以一时看不清楚。

二

快月考了，老师最近总是拖堂。当我从教室里出来时，天已经完全黑了，透过灰蒙蒙的窗子，只见空荡荡的校园里很显眼地停着一台赛车，许扬一斜靠着车站着，时不时地看看手表，马上就要抓狂了的样子。

一起出来的同桌杨落落推了我一把，艳羡地说："恩桐你可真幸福，有许扬一这个大帅哥每天放学都像望妻石似的等着你，风雨无阻啊！"

我苦笑，说："你也会说他是望妻石了。每天跟个石头一起走，冷冰冰的，有什么好？"

许扬一是远近闻名的冰块。平时笑容极少，跟谁都很少说话，对女生更是不苟言笑，看起来比流川枫还要酷。女生们总是私下里议论，许扬一不笑，是不是因为想保持下巴的完美弧度呢？他的下巴长得可真美啊，尖尖的，妩媚又不失坚毅，比女生还要漂亮呢。可是，我身为一个与他青梅竹马的知情者，可以很确定地告诉她们，许扬一不爱笑的性格绝对是与生俱来的，认识十几年了，他的笑容我也只见过那么一两次而已。记得第一次看到许扬一笑是在我们七岁那年，他弄坏了我新买的遥控车，我坐在地上哇哇大哭。他似乎有些愧疚的样子，怯怯地递过来一张面巾纸，很小声地说："恩桐，你别哭了。"那是年幼的我第一次听到许扬一这么温柔地跟我说话，一时竟忘了再哭，只是抬头睁大了眼睛看他，而他看着泪凝于睫的我，愣了愣，竟忽然笑了。很多年以后我都不明白他那时为什么会笑，总觉得那多少有点烽火戏诸侯的味道，看到别人哭他才会笑，而且还是一笑倾城的那种。

杨落落陪我走到许扬一身边，笑呵呵地说："扬一，你每天都这么等着恩桐，该不会是喜欢她吧？"

我早知道杨落落这个人大大咧咧的，说话没深没浅，但是我万万没有料到她会没深没浅到这种程度！她一句话说出口，我和许扬一全都怔住了，气氛霎时诡异起来。也许是出于女孩子的羞涩吧，我忽然莫名地紧张，竟下意识地期待许扬一口中的答案……

可他只是淡淡地看了一眼杨落落，好看的下巴向前扬了扬，面无表情地说："恩桐，上车。"我有些失落，同时也看不过他用这种态度对待我的朋友，气鼓鼓地坐上许扬一的车后座，有些歉疚地看了杨落落一眼，刚想说些什么，杨落落却在这时走上前一步，说："许扬一，如果你喜欢的人不是恩桐的话……我可以喜欢你吗？"

我再一次怔住。只觉得许扬一的背影剧烈地顿了顿，回头看看我，又看看杨落落，什么话都没有说。

三

我坐在许扬一的赛车后座上，无比接近地望着他的背影，想起刚刚发生的事，脑中莫名地乱成一团。仔细想想，杨落落喜欢许扬一也有很久了吧，难怪她每天放学都坚持跟我一起走，难怪她总是向我打听许扬一的事情。嗯，这样也好，杨落落可是出名的美女，也许有了她之后，我就不用每天放学都跟许扬一一起回家了吧……正这样想着，树上忽然掉下一条虫子在我手臂上，我没有防备，吓得哇哇大叫，一边在车后座上剧烈地摇晃身体，许扬一正在躲闪迎面而来的卡车，被我猝不及防地这样一晃，车头一歪，连人带车一起栽到了路边的草丛里。

春天的泥土很松软，我跟许扬一仰面摔在草地上，也不觉得疼，一抬头，只见眼前一片耀眼星光，映着深蓝色的夜空，美得让人无法将视线移开。

“今天的星光真美！”我忍不住小声惊叹。侧头去看许扬一，只见他正目不转睛地望着星光璀璨的天空，浓密乌黑的睫毛向上微卷，眸子亮若星子。

“嗯。很美。”许扬一轻声回答，声音竟是从未有过的温柔。夜风微凉，吹动他的刘海，蝴蝶一样翻飞。我一动不动地望着许扬一的侧脸，竟然有种呆了的感觉。今天的他似乎跟往常不一样呢。这样温柔的许扬一，我还是第一次看到。如果他一直像今天这个样子，我又怎么会讨厌他这么多年呢？我们就这样躺在夜晚的草地上，有一句没一句地聊着。

“这是仙女座。那边的是小熊星座。喏，这样看，是不是很像一只小熊呢？”许扬一露出孩子一样的笑容，手指在半空来回划着，说，“恩桐，你看最西方的那片就是白羊座，你的星座呢。”

“你怎么知道我是白羊座？”我下意识地问。意识莫名有些模糊，只是条件反射地想要跟他说些什么。

“你4月7号生日嘛，当然是白羊座了。怎么会连这点常识都没有。”许扬一枕着手臂，撇撇嘴，淡淡地说。

原来他知道我生日的。可是为什么，每年我过生日的时候他都是一副忘记了的样子呢？倒是许阿姨，总是逼着一脸无奈的许扬一来送礼物给我，前年是布娃娃，去年是兰蔻唇膏，都是一些女生喜欢的东西，根本不可能是许扬一选的。

“你的生日是8月4日吧……嗯，那应该是狮子座。”对话开始没有意义起来，我只是想跟扬一继续说话，至于说的是什么，其实我自己也不是很清楚。

“……8月4日，那是安宸的生日吧。”沉默良久，扬一轻声地说。声音一如既往的沉稳，却似乎隐含着某种撕裂的感觉。

“……对不起。”我的心一沉，莫名有些愧疚。

“你喜欢安宸多久了？”许扬一似是并不在意，仍看着夜空，轻声地说。

“刚刚才喜欢上吧，不过却好像喜欢了很久一样。”我脸一红，压低了声音说。“那你呢？你有喜欢的人吗？”我小心翼翼地问。

“有。”许扬一看看我，复又望向天空，笃定地说。我的心莫名其妙地泛出一丝酸。能被许扬一喜欢上的，会是什么样的女孩呢？

“你喜欢她多久了呢？”我想起许扬一书桌上的那本厚厚的日记，黑色的皮，厚得好像一本字典，平时放在玻璃柜里，谁也不让碰。很难想象，像许扬一这样冷漠的人，竟会用这样婉转细腻的方式来纪念自己的感情。

“应该很久了吧。久到我自己都记不起来到底有多久了。”隔了很久很久，许扬一才轻声回答我。而我却已经昏昏欲睡地靠在他的肩膀上，意识渐渐模糊。

“恩桐……”朦胧中只听见许扬一叫我的名字，隐隐地叹息着，却听不清他到底说的是什么。

四

从那天之后，我跟许扬一的关系产生了微妙的变化。那夜的星光，照亮了另一个我不知道的许扬一。他眼神温润如水，会很温柔地跟我说话，会在我睡着的时候背我回家……尽管他白天见到我依然是冷漠淡然的样子，我却开始期待每天放学，与他一起回家的那段路。

“……陪我去商场。”放学的时候，许扬一单手推着赛车，白皙的面颊上瞬间闪过一抹羞涩。

“好。你要买什么？”喜欢购物是女生的天性。

“手表。是要买给我喜欢的人的。”许扬一露出清澈的微笑，淡淡地说。

我的心蓦地一震。心里忽然生出一种古怪的想法……他喜欢的人，会是我吗？这个念头一出现，我急忙摇头，对自己说，别傻了，像许扬一那样高高在上的男生，怎么会喜欢我呢？

从来没有见过许扬一这样挑剔地去选一样东西。我们徘徊在手表柜台前很久很久，他把各种各样的表在我手腕上比画，一一端详，然后一一否决。我不禁有些累，斜靠在柜台上，随手指了一块银色的女表，说："这个很漂亮。就买这个吧，免得挑花眼了。"原本以为旁人的意见他必定不会采纳的，可是许扬一听了我的话，微笑着看了我一眼，不再犹豫，立时让服务员包起了那块银色的表。

走出商场大门，街上已经没什么人了，只见许扬一无比拉风的赛车正憔悴地躺在地上，后座已经被人卸了下去，车灯被卸了一半，摇摇欲坠地挂在那里。我安慰许扬一说："树大招风嘛……你的车太显眼了，所以……"

许扬一没有说话，看了看空荡荡的后车轮，又看看我，指指赛车横梁，说："你坐这里，可以吗？"

我顺从地点点头。除了坐那儿，我还能坐哪儿呢？于是乖乖地坐到横梁上。许扬一的手臂环着我，鼻息的热气丝丝吹动我脑后的长发，我的心跳骤然加速。

一路无言。只听见自己咚咚的心跳声，从未有过的心慌。许扬一始终是一副若无其事的表情，幽幽地望着前方，好像怀里拥着的并不是一个朝夕相对的女生。气氛有些尴尬。"许扬一，你……"我蓦地回头，想找话说，却正赶上红灯，许扬一一个急刹车，身体随着惯性骤然前倾……

两片唇就这样贴在一起。尽管急速分开，可那种温热柔软的感觉依然盘旋在我心上。

我的吻。

我的初吻。

五

那次意外接吻之后，每次看到许扬一，我都会有种想逃的冲动。可是他却仍是往常那副淡漠冷然的样子，仿佛什么都不曾发生过。我的心渐渐地凉下来。对他来说，我只是一个不得不应付的邻家女孩罢了。他有喜欢的人了。潜意识中，我又在奢望些什么呢？

正在胡思乱想间，眼角蓦地瞥见杨落落的手腕上，那一抹熟悉的银色，生生刺痛了我的眼。

正是我昨天陪许扬一去买的那块手表。

我怔怔地看着那块我曾帮他试戴的手表，一动不动地看着，看到眼睛都酸楚起来。忽然觉得自己像个傻瓜，原来他喜欢的人是杨落落。两情相悦，想必一定会很幸福的。嗯，这样也好，我很快就不用每天都跟许扬一那个冰块一起上学放学了呢……

可是我的心，为什么会这样难过呢？

是谁说过，爱情没有对错之分，只是有时时机错了。

摄影社团活动的时候，安宸交给我一叠厚厚的照片，我哭的样子，我笑的样子，我上课睡觉时的样子，我在水房与人追逐打闹时的样子……他说："恩桐，我喜欢你所有生动的表情。"

然后，小王子一样温文娴雅的安宸，就那样在众人面前温柔地牵起我的手，说："恩桐，跟我在一起吧，好不好？"

六

我跟安宸在一起了。

他每天都会接送我上学放学，我与许扬一之间再也没有任何交集。我终于得到了曾经梦寐以求的幸福，可是心底好像隐隐缺失了什么。一个被我讨厌了十几年的人，有一天忽然发现自己喜欢他，这是多么可怕的一件事？我只好强迫自己不再去想起，灿烂星光下，许扬一温柔的黑眸，以及自行车横梁上，那个意外的吻。只好反反复复地告诉自己，我喜欢的人是安宸。以前是，以后也是。

周末晚上，我吃过饭到家附近的小公园散步。昏暗的天光下，我看见许扬一也在那里，怀里还抱着一本厚厚的黑色日记。

“在做什么？”我走过去，佯装若无其事地问，声音却依然微微有些颤抖。我已经很久没有见到许扬一了。

许扬一抬头，静静地看了我好一会儿，扬了扬手中的日记，说：“我准备烧掉它。”

口气淡淡的，谈论天气一般平常。

“……为什么？”我惊得瞪大了眼睛，提高了声音问。承载了那么多岁月的思念与牵挂，怎么可以说烧掉就烧掉呢？

“既然已经没有机会了，倒不如忘记的好。”许扬一掏出打火机，撕散了日记本，将它一页一页地丢到火里。

“你很喜欢那个女孩子吧？既然这样，你为什么不跟她说呢？”我无从劝阻，只是在他眼中看到了一种刻骨的伤痛。这种伤痛让我好心酸。

许扬一侧过头来看我，细碎的刘海垂在额前，眼神忽然说不出的落寞。他幽幽地说："她有喜欢的人了。所以我没有必要说，她也没有必要知道。"

"怎么，你喜欢的人不是杨落落吗？"我惊讶地问。杨落落喜欢的人是他啊，他怎么可能不知道呢？

许扬一轻扬唇角，淡淡地摇摇头，没有回答。

一阵晚风吹来，他手中的日记四下飞散。我背对着他拾起一页，顺手放在大衣口袋里，鬼使神差。

扬一，你喜欢的人，到底是谁呢？

可是，我已经没有资格追问了吧。

七

得到许扬一死讯的时候，我正身在学校。愣住半晌，狠狠拍打着杨落落的肩膀，笑着说："落落，你别开玩笑了，这可一点都不好笑呢！"昨天还在食堂里碰到的许扬一，他怎么可能会死呢？

那两日，城市中的媒体铺天盖地报道着，实验中学的高二学生见义勇为，冲进火场抢救了一个四岁的孩子，自己却因为吸入过多浓烟，救不活了。

许扬一住的那栋楼着火了，听说他当时不顾一切地冲上楼去，是为了拿回一块银色的手表，却在这时发现邻居家有小孩被困在火场里。

许阿姨把那块烧得焦黑的手表交给我的时候，已经哭得泣不成声。

表盘上隐约可以摸到，用小刀刻上的两个字。

恩桐。

原来杨落落手腕上的表只是巧合而已。

这块表，扬一是要送给我的。

心痛如绞。

尾　声

大衣口袋里还留有许扬一仅存的一篇日记。

上面只有一行字。日期是我们一起看星空的那个夜晚。

他说：恩桐，直到现在，你仍是不明白。

……

你喜欢她多久了呢？

应该很久了吧。久到我自己都记不起来到底有多久了。

你很喜欢那个女孩子吧？既然这样，你为什么不跟她说呢？

她有喜欢的人了。所以我没有必要说，她也没有必要知道。

……

有些花儿，谢了就不会再开。

错过的花期，消逝在似水流年。

很久很久之后我才明白，那天当我躺在许扬一肩膀上的时候，他那句似有若无的叹息。

他说的是："恩桐，我，喜欢你……"

会呼吸的痛

原来夜夜笙歌的背后，总是藏着怕被人看到的，疮疤一样的寂寞。

于是我开始明白，我为什么会整日跟这群人凑在一起。——即使被说成是堕落，也好过独自面对回忆。

只是没有想到，某年某月的某一天，液晶屏上的黑衣少年还是让我一瞬间记起了心中所有的痛楚。

他唱着你说过的话，他拥有和你那么相似的侧影，他让我想起再也未曾见过的，你的微笑。

嬉笑打闹灯影朦胧的 KTV 里，一个控制不了泪水肆虐的女子，缓缓地伏下身去。

一

如果世事可以预见，那么我愿意在初见尹忆辰的那个午后，选择转身离去。

那是四月微凉的天气。我穿过日光轻薄的操场，对照着信上的地址，仰望白色四方形的高三楼。身后忽然飞来什么，重重砸在我的后脑。

我愤愤地回头，却正对上一个女生的泪水。她低着头，垂下的长发遮住脸颊，忽然上前一步，一把抱住她面前的人。

砸中我的，是一本厚厚的日记本，我一点点把视线移上去，阳光一瞬间有些晃眼。

多年以后，我依然记得那种夺目的感觉，仿佛身体里有什么等待了许久，一瞬间盛开。

被她抱住的，是黑色制服下单薄修长的身躯。那个少年，拥有世上最英俊的侧脸。

他推开她，动作高贵又疏离。他从她身边走开，毫无预警地，走到我面前，无比认真的样子，线条分明的嘴唇淡漠地开合："疼么？"

简单的两个字，却丝毫不像陌生人的对白。以至于我以为自己没听清楚，只是歪着头地挑眉，做出问询的表情。

他静静地看着我，小王子一般，一脸拒人千里的冷漠。忽然之间，却伸手揉向我额头上被砸中的地方，那种一瞬间洋溢出来的坏坏的笑容就像冰雪融化一般。

"现在好了么？"

声音里有戏谑，和隐约的暧昧。

然后他便丢下这句话，留下愣在原地的两个女生。

我们一齐望着他的背影，然后，各怀心事地望向彼此。

就像所有桃色纠葛的缩影。

后来我问他，当日他是不是只想借着我甩掉姚乐珊。那可真是老套的手段。

他却半开玩笑地说不是。说那一瞬间，只是莫名地想要揉揉我的头发，捉弄一下被姚乐珊的日记本砸得头顶冒烟的我。

我飞快地抬头看他，他的目光在一瞬间，刺痛并闪躲。

然后我们便沉默。每每说起那场初遇，都仿佛碰触了某些禁忌，心照不宣地绕路而行。

尹忆辰你一定不知道的。遇见你之前，我不知道有一种男生的笑容，会那么像把冰握在手心的感觉。冷过之后，是无边的灼热。

二、

林嫣陌是尹忆辰的妹妹。这成了整个学校众所周知的事情。

那日我拿着有尹忆辰父亲签名的信，满学校地寻找一个叫尹忆辰的男生。当被告知他坐在靠窗倒数第二张桌子的时候，我跑过去对坐在那里的男生说出我一早想好的台词，兴冲冲地并且一字不漏。“你好！你是尹忆辰吗？我是你的新妹妹林嫣陌。爸爸让你一定要好好照顾我。”男生被我惊得目瞪口呆，愣住半晌，才指了指我的身后，眨巴着眼睛说：“美女你认错人了，他才是尹忆辰。”

我下意识回转过头，一瞬间僵在原地。

他将黑色校服穿得笔挺而英俊。他冷冷地看着我，眼中刹那闪过难以置信的光焰。他的指尖，似乎还飘散着我发丝的味道。

原来是你。

我握紧了手中的信纸，心中一瞬间充满了懊悔。

尹忆辰的父亲是C城有名的民营企业家，主要经营盒装牛奶。以至许多人一看到他的名字，就会联想起在草原上欢快奔跑的奶牛。我就是这联想者之一。于是当我看到那封信里的那个名字的时候，脑海里浮现的是黑白相间的点状图案和花花绿绿的钞票。

这可能也是当日我把秦欢误认为是尹忆辰的原因。

尹忆辰的气质，用秦欢的话来说，“就像个神仙”。那是与奶牛和钞票相差甚远的一种感觉。而秦欢，很干净的一张脸，却总是一副什么都无所谓的痞子相，我觉得他真的很适合被抓到大草原，头上系个白布条，坐在小板凳上整日挤牛奶。

那日当我对他说完对白，回过头怔怔望着真正的尹忆辰的时候，秦欢忽然自后给我一个大大的拥抱。他大咧咧地抱起我，旋转一周，打破了我和尹忆辰之间尴尬的沉默。他说：“美女，我虽然不是尹忆辰，但是我是他的好朋友。我代表地球人民欢迎你。”

我笑，心头仿佛松了些，回他一句，说：“你怎么知道我刚从火星来？”

尹忆辰却没给无聊的我们再说下去的机会，冷冷瞪了秦欢一眼，拎起我的行李，转身走出教室。

跟在他身后亦步亦趋的我，忽然有些手足无措。这一切都超出了我的预想，让我来不及应对，犹豫着不肯向前。

是不是如果我就这样跟他走了，方才在操场的那场惊喜一般的初见，会好似一场意外夭折的前奏，再也不会有下文。

而尹忆辰却已经将我的行李狠狠丢进后备箱，目光不屑且冷漠。

“上车。”他说。直视着我，眼中并无温度。

我望一眼他身边的七系宝马，心中莫名生出一种怨怼。或许，像我这样的人，不管是不是他名义上的妹妹，他都不会多看一眼吧。

于是我一言不发地坐上他的车，乖巧并且沉默。

因为没有办转学，我整日无所事事。常常在尹忆辰学校附近游荡。偶尔会碰见翘课跑出来闲逛的秦欢。他问我为什么不跟尹忆辰一起上学。

我说我的身份证和转学证明都丢在路上了，这些东西办起来好麻烦。

秦欢把双手放在脑后，不以为然地说："尹忆辰说的话在老师那儿比校长还好使，我们学校那一个月几百公斤的牛奶可是他老爸供应的啊。"我耸耸肩，没有再说话，心中却不免有些哀怨。尹忆辰，他连话都不跟我说的。

秦欢看着垂头丧气的我，忽然一把揽住我的肩膀，颇有英雄气概地说："美女，他不帮你我帮你。你看看那个楼，那可是我老爸出钱盖的。不就一个学籍么？"

像我这样的人，其实是很看重学习的。毕竟那曾经被我视为人生中唯一的出路。所以我当时对秦欢说了许多许多声的谢谢你，高兴得几乎跳起来，无限雀跃并且感激的样子。

秦欢的眼神却一瞬间有些怔忡，他说："林嫣陌你别谢了，总让人觉得以前没有人好好照顾你。"

我背过身，眼神一瞬间掠过深刻的黯淡。

以前。这两个字刺痛了我。

待在尹忆辰身边的我，面对全新的生活，几乎都要忘记以前了。

林嫣陌是尹忆辰名义上的妹妹，她的母亲刚刚嫁给了他的父亲，于是她从很远的城市来，来投奔这位富有、骄傲并冷漠的哥哥。

原本一切都那么名正言顺。那么美好。

可是我却不觉得如此。

面对父亲新欢的女儿，其实尹忆辰敌视我也算情有可原。可毕竟也只是十几岁的少年，面对乖巧听话得近乎没有一丝脾气的妹妹，他渐渐妥协了，开始会回答我的问话，开始会心甘情愿地等我一起上学。

其实我并不是那么好脾气的人，也并非故意做戏博他好感。尹忆辰他不会明白，我是多么喜欢跟他说话，多么喜欢看他冰冷闷闷的样子。即使他不回答，即使他不多看我一眼，我依然满足于在他身边安详宁和的感觉。

又或者，从一开始，我便觉得亏欠了他。

三

姚乐珊得知我是尹忆辰的妹妹之后，对我的敌意减弱了许多，甚至有了刻意的接近。我并不是记仇的人，所以当她主动示好的时候，我并不怎么排斥。那日她用一顿必胜客来收买我，要我将她的礼物转交给尹忆辰。

或许我当时会答应帮她，完全是因为我知道无论她再怎么去讨好尹忆辰，他也不会喜欢她。很久很久之后我才知道这种想法是多么讽刺。有些事，无论我再怎么努力，也无法圆满。比如说，得到幸福。

尹忆辰就是我的幸福。

尹家大宅是栋三层的别墅，我来了之后，尹忆辰将整个三层给了我，自己住在二层。他的房间有大大的露台，每个晚上，他都会倚着墙壁站着，像一尊英俊的石像。有时候，趴在三楼阳台上的我会探出大半个身子说："尹忆辰，家里没别人你还要什么帅啊。大半夜的一个人看月亮，酸不酸啊你。"

尹忆辰面无表情地回过头来，瞳仁却在看见我的瞬间略微放大。"林嫣陌，你快给我站回去。这样很危险你知不知道？"

然后我就扮个鬼脸，笑嘻嘻地缩回去。心里甜甜的，因为看到他因为在乎而焦急的表情。可是紧接着，心中便会生出一种酸涩的感觉。那是由恐惧、愧疚、哀伤和迷茫混合着的一种感觉。

于是，这一次，我便把姚乐珊的礼物放在篮子里，一点点吊到二楼去，停在尹忆辰面前，篮子里面立着的玫瑰花上夹着一张纸片，上面是我亲手画的笑脸。

从三楼望下去，尹忆辰背对着我，我看不到他的表情。但是，我感觉得到，他在笑。

于是，我也情不自禁地扬起唇角。他开心，我就开心。风声穿过树影，世界静寂一片。

我想我永远也不会忘记那个情景。

我爱的少年，忽然回过头来，白衬衫在漆黑的夜里模糊地闪耀。双手撑着阳台，满目星光地望着我。

四

尹忆辰与姚乐珊在一起的消息飞快传开。学校里短暂的哗然过后，众人也渐渐移开了目光。别人的事再大都是别人的，自己的事再小都是自己的。城市里充满了卑微的小人物，即使再艳羡那种天之骄子身上的光芒，也终归要面对自己的生活和轨迹。

我便是如此。

原本，尹忆辰与姚乐珊在一起是我始料未及的事情，可是经过那个夜晚，一切才变得理所当然。

是我一手促成。

装礼物的篮子停在他面前，尹忆辰回过头，我看见他眼里清澈的星光。一瞬间，那双眼眸好似一双黑洞，让人不顾一切想要沦陷进去。手一松，线便松懈下去，竹篮直直坠地。

一楼的玫瑰园里，月光下弥漫着浅淡的花香。一切都好像是卡通片里才会出现的情景，美好得仿佛不是人间。

我的人生中，也许也只能有这一片刻的美好。所以上天便让它美到极致，让我可以带着满足与回忆，去面对其他所有的苦厄。

尹忆辰是下楼来找那只篮子的。可我却是为了找他。我静静地站在他身后，看着他拆开礼物，在看见姚乐珊的名字之后，目光迅速冷却。

他回过头，目光复杂地看着我。

我的脑中忽然一片空白，看着那么遥远而又接近的他，忽然很想流泪。我无法控制自己想要靠近他的欲望。于是，我张开双臂，跑过去抱住他的腰，将头紧紧埋进他怀里。我可以听见自己和他的心跳声，听见这两种频率不同的声音是怎样纠缠地跳动在一起。

时间仿佛静止。所有的尘世，所有的喧嚣。我紧紧地抱着他，他的呼吸轻柔地穿过我的发丝。很久很久之后，尹忆辰紧紧扼着我的肩膀将我拉起，他眼中闪过昭然的痛楚，他一字一顿地说："林嫣陌，你是我妹妹。离我远一点。"

那一刻，我真的很想告诉他，不是这样的，真的不是。我不是什么林嫣陌，更不是你的妹妹。

可是，就在我要开口的时候。

"我讨厌你。"尹忆辰转过身去，背对着我的声音悠远如盛夏的虫鸣。无法捕捉，却又无处不在。

他的话将我刺痛，痛得几乎无法呼吸。我无法确定，他讨厌的究竟是我，还是我是他妹妹的这个事实。或许，如果我只是个陌生人，就连站在他身边的机会也失去了吧……

所有一触即发的解释和歉意，又一次地岔开。他的愤怒，我的为难。

再也没有机会出口。

第二天，尹忆辰便答应与姚乐珊在一起。

所有人都只当我是他的妹妹，没有人知道这其中的酸楚。无可避免要三个人在一起，比如坐同一辆车回家，或者在同一张桌子上吃饭。每一次，都让我如坐针毡。于是方知相思苦。当他当着我的面在她面前笑的时候，我真觉得他很残忍。我的思绪便会飘回那个月色花香的夜晚，靠在他怀里的我，多么幸福。即使，只有一瞬。

秦欢只是玩世不恭，从学习成绩和人际关系上看，无论情商还是智商他都属上乘。他看我和尹忆辰的眼神，一早便已不同。而当我又一次在别人看不到的阴影里偷偷望着尹忆辰与姚乐珊并肩而去的背影时，他忽然自后拍拍我的肩膀，说："有些事既然无法改变，就试着接受吧。除了他，这里还有比他更喜欢你的人。"然后他用拇指戳了戳自己的胸口，动作依旧是痞子气十足的样子，眼睛深处却闪过一丝羞涩。他说，喜欢一个人就是要对她坦诚，即使她不答应也无所谓。我不会欺骗我爱的人，我只是要让她知道我心里的感觉。

我的眼泪在一瞬间溃不成军。

我忽然拉住他的衣角，摇晃着说对不起。比那天对他说的谢谢你还要多。心中所有的委屈、痛苦、不甘和落寞，都在咸涩的泪水中宣泄出来，毫无余地。

秦欢手足无措地来扶我，动作也在听到我说"我不是林嫣陌"的一瞬间停滞。

如果可以选择，我宁愿不要遇见尹忆辰，不要与他的生命再有一丝重合。可是一旦相遇，即使让我再重来一百次，我仍会在那个夜晚跑向他，在一丛玫瑰幽然的花香中将他拥紧。

五

姚乐珊像往常一样来家门口等尹忆辰一起上学。当我独自先出来的时候,她走过来对我说:“林嫣陌,今天是忆辰的生日。你可不可以放学先不要回家,让我单独为他过一个独一无二的生日?”

今天是他的生日。我一怔,笃定地摇摇头,只是冷冷地看着姚乐珊。隐忍许久的不甘终于爆发。姚乐珊一愣,唇边划过一丝冷,说:“林嫣陌,你也喜欢忆辰对不对?你不觉得恶心么?你这样会给他带来困扰的你知不知道?”

“是,我喜欢他。”我一字一顿地说。“我喜欢尹忆辰,我喜欢跟他在一起的每一分每一秒,我永远也不想跟他分开。”

从来没有想过,我有一天会在姚乐珊面前说出这样一番话。那一刻我的心是勇敢的,勇敢得无所畏惧。

然后在气急的姚乐珊要扇我耳光的手停在半空的时候,我在她身后,看到尹忆辰凝重又苍白的脸。

姚乐珊哭喊着说:“你答应要跟我在一起,你答应会喜欢我,会照顾我一辈子的。尹忆辰,你是个重承诺的人,你怎么可以为了你的妹妹而背叛我?”

尹忆辰只是沉默,目光却是坚定的。直到姚乐珊痛哭着跑走,我才发现我脸上不知何时已经溢满泪水。

“为什么?”我哽咽地问。

“我可以对不起我自己，但是我不可以对不起你。”他牵起我的手，轻描淡写地说。

我怔住。

随即紧紧回握住他，没有再说什么。因为我知道那轻描淡写的背后经历过多少挣扎和沉重。

尹忆辰将我揽在怀里，他的下巴紧紧抵在我额头上，说：“我要跟你在一起。即使背负再多的罪孽，即使没有人会认同我们，即使走到天涯海角，我也要爱下去，也要这样牵着你的手。我喜欢你。从我见到你的第一次起。”

秦欢说：“你一日不告诉尹忆辰你的身份，你就不是真正的你。”他说这话的时候，是我跟尹忆辰在一起的第三天。虽然名义上我们没有任何改变，也尽量在公众场合避免亲密的举动，可是明眼人还是一眼就能看出我们的不同。相爱的两个人，看对方的眼神是不同的，即使秦欢每每看着我望向尹忆辰的眼神都会觉得郁闷，他还是为我高兴。他说只要我开心，他就没有伤心的理由，就有理由面对全世界傻笑。

我说我在等一个适当的机会，一有机会，我就会告诉尹忆辰事情的真相。秦欢倚着墙壁在啃一支很大的棒棒糖，他说：“我明白的，这种难以启齿的感觉，还有那种因为太美好而不忍心去破坏的感觉。”

他说中了我的心事。潜意识里，我不敢，也不想去面对任何横亘在我们中间的事，就像在掩耳盗铃。因为太爱，因为这样难得，所以才更加害怕失去。

我不知道幸福会来多久。可是我知道，我绝对不会放手。我会尽我所有的努力去珍惜尹忆辰，珍惜在一起的所有时光。而我却忘记了，爱情是最坚硬也最脆弱的东西，它禁不起半点欺骗。

我和尹忆辰在一起的第十一天，他第一次在没有告诉我的情况下不知去向。当他再回来的时候，手里握着一张身份证。

上面有我的照片和名字。

卓西桐。

六

那日我无意间在火车站拿错了箱子。里面有一叠信件，信上有尹忆辰父亲的名字，以及那个叫林嫣陌的女孩子所有的资料。那些信将事情的来龙去脉写得很清楚，林嫣陌要去投奔尹忆辰，他们之前并未见过。更重要的是，他很富有，即使再不喜欢这个妹妹，也应该不会太刻薄她。父亲常年住院，我真的很需要钱，于是就是抱着这样的想法，将错就错，留下了这只箱子。按照这箱子主人的身份，顺着信封上的地址去找尹忆辰。

如果那日，我在他座位上看到的人是尹忆辰，也许就不会说出那番话，后面的一切也就不会发生。

如果那日，事情的真相，由我先说，那么我们的结局，会不会变得不一样？

只是命运和他，都没有给我重新来过的机会。

静静地听我讲完。尹忆辰始终没有说一句话。

我好似虚脱一般，仿佛用尽了一生的气力。只能无声地看着他，看他眼中昭然的痛楚与愤怒。

真正的林嫣陌是叛逆的性格，本来就不愿意听从母亲的意思来投奔这个哥哥，丢了箱子也正好丢了来到这里的理由。我的箱子里又没什么值钱东西，她便把我的箱子直接丢掉，用父母给的银行卡到处旅行，不时也会给他们打电话报平安，谎称与尹忆辰相处融洽。这也是我为什么这么久都没有穿帮的原因。直到后来她在酒店刷爆了卡请父母帮忙付账的时候，事情才浮出水面。

也许我应该更感谢，那些原本不属于我的时光。每一分每一秒，都是恩赐。

“是为了钱么?”很久很久之后，他的声音仿佛从天边传来。

“为了钱，接近我，欺骗我么？那么，你那时在花园里抱我的时候……是真心的么?”他的声音冷冷的。

我一怔。紧接着胸口一阵刺痛。

“这些，我都可以原谅啊。可是，为什么当你抱我的时候，还要继续骗我？你……看不到我的痛苦和挣扎么？你想的只是你自己。你不知道我是用多大的决心，去接受背叛整个世界的罪孽，选择继续爱你。可是你呢？你从来没有想过我。”

尹忆辰此时的眼中，有我从来未曾见过的，浓重的哀伤。这种哀伤充斥了他整个表情，让我光是看着就觉得心痛难忍。眼泪簌簌地滑落，几乎泣不成声，我把手伸向他，说：“不是的，我只是……”

“够了！不必说了。”他打断我。

“或许我天生是没有安全感的人，我承担不起没有信任的爱情。”

他丢给我这句话，和一叠厚厚的钞票，肩上仿佛承担着整个暮春的忧伤，在我面前，最后一次决绝而落寞地转身离去。

七

当我决定把尹忆辰给我的那些钱花掉的时候，已是我离开那座城市的一年以后。我有了新的朋友，我不再上学，每日除了打工之外，就是跟那些衣着花哨而廉价的少男少女们厮混在一起，招摇过市。

原来夜夜笙歌的背后，总是藏着怕被人看到的，疮疤一样的寂寞。

于是我开始明白，我为什么会整日跟这群人凑在一起。——即使被说成是堕落，也好过独自面对回忆。

只是没有想到，某年某月的某一天，液晶屏上的黑衣少年还是让我一瞬间记起了心中所有的痛楚。

他唱着你说过的话，他拥有和你那么相似的侧影，他让我想起再也未曾见过的，你的微笑。

嬉笑打闹灯影朦胧的 KTV 里，一个控制不了泪水肆虐的女子，缓缓地伏下身去。

原来一直不曾忘记这种痛。那种痛，深入我的骨髓，每一次呼吸，都造成它每一次的疼痛。半年以前，尹忆辰曾经来找过我。

“西桐。”那是他第一次叫我真正的名字。我背对着他，没有回头。掸了掸手中的烟灰，说：“哟，大少爷，又给我送钱来了么？还是您上次骂我骂得不解恨，再来补几句？”

站在我背后的他，倏忽一愣。

“我冒充林嫣陌是为了钱，当然，你要是觉得我是因为喜欢你，或者在欺骗你的过程中真的喜欢上你了，那么你可以继续那么想。我无所谓的。只不过，这个游戏我已经腻了，你不要再来烦我。”

说完，我径直走向那条小巷的尽头，他迟疑片刻还是上前来追我，却被我的一群小姐妹拦在原地。我越走越快，不敢回头，更不敢停下脚步。

因为我怕我走慢了，落在地上的潮湿的泪水会泄露我的秘密。

我之所以不回头，是因为我的泪水已经弥漫了满脸，溃不成军。

我知道尹忆辰是多么骄傲的男子。我知道他不会放低自己再来找我，也知道当日的他，那样冷漠固执的他，因为喜欢上自己的妹妹，付出了多大的勇气和悲壮。

所以，我最后能为你做的，也只剩这些了。

八

秦欢找到我的时候，我正趴在爸爸的病床上哭泣。此时他已经陷入昏迷，并且每一天醒来的时间越来越短。我趴在睡熟了的他身边，泣不成声。为他，也为自己。我越来越想念尹忆辰，想到在许多个午夜里独自将他的名字念出声来。任眼泪浸湿枕巾，哭累了之后沉沉睡去。

秦欢将我强行送到医院的高护病房，我不肯，他便威胁说不肯再照顾我的父亲和家人。于是我便妥协。其实不是不知道他的好意，可是我真的，不想再跟命运抗争了。——如果不是因为我强行要保住父亲的命，用尽一切手段去弄钱，便不会认识尹忆辰，不会对这个人间有那么多的留恋。那么当我不得不死去的时候，会不会快乐一点？

半年前，我并不知道这种遗传病也落到了我身上。我还在等尹忆辰回心转意，我还忍不住在许多个黄昏躲在离校门口不远的地方偷看他。姚乐珊依旧对他锲而不舍，他依旧冷漠疏离，一切都回到从前，仿佛我不曾来过。

只有秦欢，他总是能发现角落里的我，可是这一次，我拒绝听他的话。

如果治疗，那些药物会让我的记忆消退。我会在日复一日的睡眠中渐渐忘记曾经的一切。忘记尹忆辰，忘记生命中最重要的某些时刻。

所以我宁愿忍耐。尽管发病的次数会越来越多，每一次，也会越来越痛楚。

尾　声

“求求你。秦欢。我不要打针，我不想睡，即使疼一点也无所谓。”我喃喃地乞求着，他的手紧握着我的手腕，眼中有深刻的疼惜和痛楚。那种痛楚，甚至更甚于我。

我不想忘记尹忆辰，要是忘记了，我就什么都没有了。我摇晃着他的手臂，哀哀地说。他点点头，一边将我抱在怀里，轻拍着我的背，像在安抚一只受伤的小兽。

针头却也同时刺入我的脊椎。

药力上得很快，我的意识渐渐模糊，骨头里的疼痛也缓缓远去。只是我不知道，每一次的昏睡是否都能醒来。

所以，在每一次闭上眼睛之前，我都要做好再也不能醒来的准备。所以每一次，我都要对秦欢说……

“秦欢，答应我，永远不要把我的事告诉尹忆辰。我要他只记得我鲜活的样子。秦欢，你答应我，为我永远保守这个秘密。这个……我爱他的秘密。”

睡梦里，有远处的歌声悠远传来。那让我又想起了那日在 KTV 里，锥心刺骨的思念。

想念是会呼吸的痛

它活在我身上所有角落

哼你爱的歌会痛

看你的信会痛，连沉默也痛

遗憾是会呼吸的痛

它流在血液中来回滚动

后悔不贴心会痛

恨不懂你会痛

想见不能见最痛

我发誓不再说谎了

多爱你就会抱你多紧的

我的微笑都假了

灵魂像飘浮着，你在就好了

睡梦里，玫瑰园里弥漫着诱人的芬芳。我靠在他怀里，仿佛抱紧了生命中所有的美好。

那个少年，深深地看着我，满目星光。

能重来就好了。

冥王星与小王子

如果可以，我愿用我的一切，交换一个与你相爱的机会。

可是，我的一切，又是什么？

话未来得及出口，自卑便像水藻一样缠住我的胸口。

一　阿Q与减肥药

圣诞节的清晨，我打开寝室的门，冬日微薄的阳光里，看见安周淡金色的笑容。我定在原地，一瞬间恍惚了。

正在吹头发的林凉闻声赶来，藤蔓一样吊到安周身上，说："你可来了，想死人家了。"然后很大声地亲了安周的嘴唇，像树袋熊一样紧紧抱住了这株挺拔的桉树。

安周揉揉她亚麻色的卷发，目光忽然落向我。我怔忡的目光来不及收回，错愕地僵硬在半空。

"青衿，你脸色不太好，生病了吗？"他轻轻推开林凉，走到我身边坐下，一脸关切。

我心中激荡起一层浅浅的受宠若惊的情愫，刚要开口回答，林凉已经坐到安周腿上，摆摆手说："她呀，又乱吃减肥药了，半夜跑了N趟厕所。唉，小青，我不是早跟你说了，那些排毒胶囊都是泻药做的，对你这身肥肉根本就不管用！"

话音一落，寝室里其他正在忙着打扮的室友都笑起来，我的脸唰的一下就红了，装作若无其事地说："以为这次会有用的。"

如果不是当着安周的面，也许这段话不会有这么大的杀伤力吧。想到这里，我的手就暗自攥紧了衣角。

安周从大衣口袋里掏出一个方正的小盒子，塞到我手心里，拍拍我的头说："丫头，圣诞快乐。"

林凉也转身走向抽屉，拿了一袋倩碧的化妆品给我，挤挤眼睛说："小青，Merry Christmas!"

我一愣，心里一阵温暖，连谢谢都忘了说。

或许我可以很乐观地想，即使我暗恋十年的邻家哥哥跟我的好朋友相爱了，他们，也还是爱着我的。与其说是同时失去了他们两个，不如说是把他们更长久地留在我身边吧。

起码，这样想的话，比较幸福。

原来阿Q就是我。鲁迅先生的伟大之处，在于他写出的不是一个人，而是所有人。

二　胖胖的白雪公主与巫婆

圣诞夜，我一个人在寝室。所有人都有节目，只有我无人邀约。

于是拿了一杯可乐与明月对饮，往事就如清冷月光般流泻下来。

七岁那年，我还是个快乐无忧的漂亮公主，穿着蓬蓬裙沿着爬满青藤的墙壁追赶邻居家的猫，一只手伸到半空抓到了猫的尾巴，脚下却倏地踩空，人和猫一起翻到石阶底下。

我栽在地上，猫却被一双稚嫩修长的手接住了。我隔着因为疼痛而雾气弥漫的泪眼望向这双手的主人，正对上一张白皙俊秀的脸。不过是十来岁的男孩子，却已经出落出清秀英挺的眉眼，他放下手中的猫，皱着眉看我，说："为什么欺负我家的猫？"

我坐在地上，看着手背上流出的血，根本无暇去理会他说了什么，霎时哇哇大哭，泪如喷泉。

他一怔，微微有些失措的样子，走过来扶起我，说："喂，你没事吧？"

彼时娇惯成性的我，甩开他的手，越发哭得变本加厉。

他无奈地看着我的脸，足足五秒钟，忽然板起脸，一字一顿地大吼一声："不—许—哭！"

我错愕地抬起头，睁大了眼睛看他，真的就不哭了。

这个有震慑力的小孩，彻底震住了我。

这一震，就是十年。

大一入学，我与林凉分到同一间寝室。不难察觉，这个有如花般美貌的女子，看我的眼神，是三分挑剔，七分厌恶。把旅行包甩到我靠窗的床上，说："我要住这里。"

这么多年的打磨，我已经全无棱角，亦不想多生事端。正想把布置好的床铺移开，安周忽然推门进来。

明亮的白炽灯，照出他长身玉立的俊美身影。

一时间，寝室里的所有女生都呆呆地看着他，包括林凉。

被我撞到的男孩带我去吃棉花糖。

"小丫头，你叫什么名字？"并肩坐在街心公园的长椅上，他轻声问我。

“杜青衿。爸爸说，青青子衿，悠悠我心。所以我叫青衿。你呢？”我接过他手里的棉花糖，顺从地回答。

“我爸爸姓安，我妈妈姓周。所以我叫安周。”他听了我的话，脸上露出似懂非懂的表情。可是这也难怪，谁让我名字的技术含量那么高呢。

花园的不远处，许多小孩子在费力地吹泡泡。一阵微风掠过，卷来无数七彩泡泡，盘旋在安周头上，折射出一道美丽的光环。

棉花糖的甜沁入心肺。

我反复念叨着他的名字，安周，安周……好像有点耳熟哎。忽地想起英语班上老师刚讲的一个词。

Angel。

那天，林凉最终放弃了靠窗的床位，对我的态度也温和许多。我想，这可能是要归功于安周的。他来了，又走了，也卷走了整个寝室女子的芳心。我在寝室里的地位迅速提高。

可是对我这样的人来说，校园里仍然处处隐匿着危险。自习室里，当我无意间坐了物理系系花的位置时，她尖利的声调引来众人目光。我抬头看看她，默默往旁边移了一个位置。

“你别坐我边上，我嫌热。”女生越发张扬，不依不饶。

我愣住。也许她是对的，我这么胖，的确比别人容易出汗些。

然后这时，林凉就像个女英雄一样出现在我们的视线里。她啪的一声把书摔在桌上，扬着下巴说：“嫌热是吧？哪凉快哪待着去。”

吃完棉花糖，安周与我一道回家。这才发现，我们分别住在相邻的两栋别墅里。呵，原来是邻居呢。于是我忐忑的心就落地了，原本担心，再也见不到这位天使哥哥了。从此以后的五年光景，安周陪我一起长大，也造就了我生命中最美好的时光。一生一次的童话。

十二岁生日那天，安周带我去看萤火虫，一簇簇荧荧的光亮围绕着安周小王子一样的脸孔飞舞，我不由得有些恍惚。把手伸到半空，仿佛握住精灵的翅膀……

就在这时，十六岁的安周忽然把我的头按向他单薄的肩膀，说："小丫头，我要走了。可是我会回来的。等着我，好不好？"

林凉渐渐成了我形影不离的好友。那天寝室没有别人，林凉背靠着阳台抽烟，姿态曼妙地吐了口烟圈，说："其实当初接近你，是为了你那个帅哥朋友。不过现在，我是真的喜欢你。杜青衿，像你这样的女孩子，原本应该得到幸福的。"

她是在说我现在不幸福么？她错了。

每个人对幸福的定义是不同的。我早已学会了退而求其次。这样安稳地读书，健康地活着，对我来说，就是幸福。

我撑着头望向楼下，秋夜微凉的空气混合着烟草的味道侵入我鼻息。女生宿舍门口的空地，不知被谁取了名字叫三八广场。一对对情侣相拥站在昏黄的路灯下，甜蜜的气息浪漫逼人。我脑中瞬间闪过安周的影子，想起那一年的萤火虫，星火一样的光亮。

安周随父母移民英国。用一句很文艺的话讲，安周是我生命中的天使，虽然，我未必是他想守护的那个人。因为他走以后，我真的从天堂跌到地狱。

父母离婚，爸爸跟一个年轻漂亮的女人去了香港。公司的烂摊子尽数推给妈妈，不久便宣告破产。我们从全城顶级的别墅区搬到闹市区不足五十平方米的小公寓里，不过依靠着以前的家底，日子还不算坏。

可是有句话是怎么说来着？哦，对。屋漏偏逢连夜雨。

真正的苦难，源自我的一场大病。虽然最终倾家荡产地治好了，却因为吃了太多的激素，让我变成了一个彻头彻尾的胖子。

很胖很胖的那一种。

有时照镜子的时候也很恍惚，好像短短的几年，我便换成了另一个人。全新的身份，全新的容貌，全新的心态。曾经快乐无忧的骄傲公主，变成了一个吃粗茶淡饭也疯狂长肉的胖子。

于是许多个不眠的夜里，我会暗自庆幸安周的远离。

林凉很保护我。有人稍微对我有些不敬，她便会横眉冷对地还回去。不过有时我会很不知道感恩地想，她不让任何人欺负我，是不是为了把我留给她一个人欺负。因为事实上，最口无遮拦的人是她自己。不知是我的神经太敏感，还是她的神经太大条，当她每每当着众人的面把我呼来唤去，讨论我吃的是泻药还是减肥药的时候，我就有种想跑的冲动。

彼时安周还没有答应林凉的追求，只是经常被室友们借着各种各样的名义召唤过来。每当林凉看似无意地嘲笑我的时候，他深深的目光，便会透过我安之若素的微笑着的眼睛，直直照到我心里去。可是这又怎么样呢？懂我的人，未必可以救赎我。

五年之后，我十七岁。猝不及防地，安周出现在我家门口。曾经在梦里无数次期盼过也恐惧过的重逢场面，就以无比自然的姿态，出现在我面前。我一眼就认出他，他也直直地看着我，眼睛里瞬间闪过我一时无法参透的情感。怜惜，疼痛，愕然，抑或，失望。

然后他拍拍我的头，一如多年以前的样子，微笑着说："丫头，别来无恙。"

我的眼泪刷一下涌出来，转身就跑。

安周自后一把拉住我的手腕，声音有些沙哑。他说："你的事我都知道了，以后我会照顾你。"

2月14日的三八广场。林凉与安周终于修成正果。我站在五楼的阳台上，居高临下地望着紧紧相拥的两个人，嘴角微微向上扬起，我在笑。

这个时候，除了笑，我找不到更加适合的表情。可是眼泪还是沿着唇角虚伪的弧度，一滴一滴，顺着喉咙流进心里。

十年的相思与哀愁。不为人知，绝望的苦涩。

安周是个很聪明的人。毕业于英国的帝国理工，再加上父母的荫庇，现在已是一家设计楼的老板。学文科的我一直觉得，能把数学摆弄得那么好的人，感情对他们来说一定很小儿科。我对他是什么感情，他一定是清楚的。

安周投入林凉怀抱的第二天，约我去看了场电影，名字叫作《安妮霍尔》。

他重复着里面的那句台词——“妈妈带我去看白雪公主，人人都爱上了白雪公主，而我却偏偏爱上了那个巫婆。”

我想他的意思是，他爱上了林凉。

于是心照不宣地傻笑，说：“白雪公主其实很漂亮呢。”

我想安周听得懂的。

安周他太抬举我。像我这种型号的胖子，又怎么会是白雪公主呢？就不怕把水晶棺材撑破么？

我别过头。黑暗中，眼泪就无声地滑落脸颊。

三　那女孩对我说

有一段时间，我曾经以为，世界上总会有人看得到我内在的美好，不在乎我的外表，不在乎我的卑微，只是固执地热爱我的灵魂。

可是不久之后，学校开了政治课，总是被人嘲笑的我开始有些动摇。毕竟内在美是唯心的东西，远不及物质的美貌那么实在。况且，什么样子才叫内在美也是众说纷纭的。可是在外貌上，大众的审美标准却是基本一致。虽然有人喜欢淡如雏菊的清新，有人喜欢牡丹海棠的端庄，有人喜欢桃花烂漫的风情，可是像我这样的胖子，总是未免太过非主流了一些。

然后，最后一丝微薄的幻想，也被重逢的天使打破。

回忆完往事，对着月亮喝光大杯可乐。一阵莫名的烦闷涌上胸口。一个人的圣诞节，总是很荒凉的。我鬼使神差地穿上外套，直奔城市里最繁华的商业街。走在熙熙攘攘的人群里，却发现自己仍然是一个人。

每家商店都张灯结彩，街上飘满了好听的圣诞歌。迎面走来的人群里，我一眼就看到那两个熟悉的身影。

是安周与林凉。

我大骇，慌不择路地跳上身边驶来的公车。背对着窗户站着，生怕他们看见我。

公车转过街角，当我终于确定自己安全了的时候，忽然一个急刹车，把我从车尾甩到车头。一个刚上车的女孩很不幸地被我砸到，尖叫一声翻倒在地，然后布料撕裂的声音破空而来。

我急忙从她身上爬起来，慌张地去扶她，被她厌恶地推开，愤愤地看着我。原来她的裙子被车门刮出一道长长的口子。

“对不起。你的裙子多少钱，我赔给你。”我绞着手指，一脸愧疚地说。

女孩扬起下巴，刚要说话，她身后面目清秀的男生忽然开口，说：“没关系，这事怪不得你的。霏霏，我们走吧。”一边说，一边脱下长长的外套披在她身上。

正在气头上的女孩狠狠瞪了他一眼，拂袖而去，下了公车。

不知不觉到了后半夜。当我坐在陌生的咖啡店里独自发呆的时候，手机响起。是安周。

“丫头，我们都在‘钱柜’，你也过来吧。”安周的声音总是温润沉稳，清寂的冬夜里，说不出的震撼人心。

握着话筒，我忽然什么话也说不出来了。

“喂，小青，快点。不过来我跟你绝交。”电波那端，紧接着传来林凉张扬欢快又夸张的声音。

我握着只剩忙音的话筒，轻声地叹气。

KTV里坐满了人。认识的，不认识的，室友，室友的男朋友，室友男朋友的朋友……我坐在人群中间，像个多余的人。

这时候，一个眉清目秀的英俊小生推门进来，笑着跟众人打招呼。

我一怔。竟是前半夜我在公车上碰到的那个男孩子。

“那女孩对我说，说我保护她的梦，说这个世界，对她这样的不多。那女孩对我说，说我是一个小偷，偷她的回忆塞进我的脑海中。我不需要自由，只想背着她的梦，一步步向前走，她给的永远不重……”这首歌让他唱得无比深情，再加上煽情的歌词，众多女生听得如痴如醉。

“你的声音好性感。”林凉一只手搭着我的肩膀，睁大了眼睛看他，直白地惊叹道。

“不姓感。我姓莫，莫子明。”英俊小生一脸微笑，淡淡地说。

“嗨。”当圣诞夜即将过去，所有人都喝醉的时候，莫子明走到我身边坐下，淡淡地打了声招呼。

你女朋友呢？我下意识地问。上半夜他们还在一起的。

分手了。他顿了顿，若无其事地说。

冷漠的表情与唱歌时的深情对比鲜明。

“……是因为我吗？”我想起公车上的情景。

“你有那么重要吗？”莫子明喝了口啤酒，漠然地反问。

四　减肥训练营

林凉开始频频约莫子明出去。

整个寝室为之哗然。毕竟像安周那样优秀的男子，没几个人会不知足。林凉背着我跟其他人说，不要让小青知道。

可是我还是知道了。在寝室这样多是非的地方，任何加了“confidential（机密的）”的文件只会被传得更加迅速。毕竟大家更重视机密。

安周终于知道了这件事。他与林凉面对面地站在楼下的三八广场，说了分手。林凉号啕大哭，扯着他的袖子说：“你明知道我有多喜欢你。”

安周淡漠地转身，什么话也没有说。

“我只是在试探你，试探你到底有多在乎我！这就是你给我的答案吗？安周，你根本没有爱过我！”林凉的表情有些撕心裂肺，我从来没看过她这样。

安周的背影顿了顿，没有回头。

“是因为杜青衿吗？是她告诉你的对不对？”

安周终于回过头来，说：“与她无关。”

“这么紧张干吗？哼，我早看出你对那个胖子不一样。”林凉满脸泪痕，语调尖酸。

安周走到她面前，说：“你说得对！我喜欢她。”

站在柱子后面的我，忽然就有一种溺水般的无力感。

记忆中，这是我与林凉第一次，也是最后一次正面交锋。

回到寝室，林凉上前握紧了我的手，说："帮我去求安周，好不好？"

我迟疑片刻，很小声地说："其实，你不该伤他心的。"

林凉的表情瞬间僵硬，抱着肩膀，狠狠瞪我，说："你凭什么说这样的话？你以为安周是你的吗？也不看看你那熊样！"

眼神是从未有过的恶毒。

我握紧了拳头，鼻尖冒出细碎的汗珠，第一次在她面前颤颤地把头抬起，说："没有我这熊样，能体现出你的人样么？安周不是我的，但也不是你的。"

然后我就转身走出寝室，临了还像电视剧演的那样狠狠地摔了一下门。

随着那一声巨响，我知道，我，安周，还有林凉，从此再也回不到从前。

很长一段时间，安周没有再找我。除夕的晚上，我借着说春节快乐的幌子打电话给他。说完所有能说的祝贺的话，话筒两端一阵沉默。

"其实，那天，你跟林凉说的话我都听到了……你，还有话对我说吗？"我鼓起今生所有勇气去试探心底的天使。

"没有。"他想了想，淡淡地回答。然后就挂断了电话。

刹那间，羞愤，后悔，绝望，种种纠缠的情感一起涌上心头。手一松，手机咣当一声摔在水泥地上。碎掉了。

我说过，安周是我的天使，不管他想守护的人是不是我。只要有他在，幸运就会降临我。妈妈帮人炒楼赚了钱，家里环境逐渐好转。妈妈眼看我芳华将过，却迟迟没人追，于是帮我报了 CCTV5 的减肥节目。于是，借着这个引子，我就落荒而逃般地去了北京。

因为这个城市里，有两个我再也无法面对的人。

一个是安周，一个是林凉。

五 月圆影响荷尔蒙

抽血，心电图，B 超，体脂，体测。整套体检流程下来，我脑袋木木的，听旁边的人议论着教练会怎么摆弄我们这帮胖子。

然后在众多恐龙干涸的目光里，英俊的教练款款出场。

我低了头，忽然有种宿命般的感觉。

竟是莫子明。

这段时间，我拼命地锻炼。因为一旦停止忙碌，我就会反复想起我跟安周那些所谓的回忆。我一个人的回忆。

莫子明有时会探究地望着我，说："干吗这么拼命。"我用手背抹抹额头上的汗珠，说："拼了才有命。"

因为我的生命，原本不是这个样子的。

十二岁那年的萤火虫，曾经点亮过多少不眠的夜晚。是我，一手毁灭了童年梦境般的美好。他对林凉说的气话又怎么可以当真呢？是我，一手打破了我与安周之间刚刚好的关系。

心思郁结的两个月里，不知是为了安周还是自己，我竟真的衣带渐宽了。莫子明说我是所有减肥者里最成功的一个。

我想他的潜台词是：恭喜呀，你从一个大胖子，变成了小胖子。

原来减肥跟学习一样，是可以靠用功的。当所有人都在睡觉的时候，只有我逗留在健身房里。莫子明于是友情客串成了我的私家教练。那个月光弥漫的夜晚，精疲力竭的我跟他并肩坐在地板上，心情随着汗水释放。

莫子明跟我聊起以前的事，聊起我们第一次见面，聊起《那女孩对我说》，最后，聊起林凉。莫子明说他是爱着那个女孩的，就是被我弄坏了裙子的那个。他说他对她的感情符合每一句歌词，可是她太骄纵，从来不知道珍惜。他说他跟林凉之间没什么的，她只是想借着他来交换安周的宠爱。只可惜，她失败了。

我喝着蒸馏水，默默地听。然后作为交换，我给他讲了我与安周的事。

十年了，我的心事一直没有出口。在某种难以言说的情愫驱使下，我竟鬼使神差地在白亮的月光下将自己卑微的心事对莫子明和盘托出。也许这是应了电影里的那句话，月圆影响荷尔蒙。

一阵短暂的沉默过后，莫子明说其实林凉跟他爱过的女孩是一类人。然后他很仔细地打量我，说："你跟她们不一样的。"

其实这话在我听来并非赞美。我跟她们当然不一样。因为我没有骄纵的资本。

训练营结束的时候，我已经穿进中码的衣服，脸庞上依稀可以看出十年前那个小公主的影子。KTV 里，一群人喝得人仰马翻。场面隐约有些似曾相识。莫子明忽然坐到我身边，说："如果我为你再唱一次《那女孩对我说》，你会不会考虑再认真爱一次？"

我一怔。

一片起哄声中，莫子明微笑着接过话筒，说："好男人和好女人一样，总是在别人旁边。那，既然我们挨在一起，就珍惜一下彼此吧。杜青衿，你这样的女孩，原本应该得到幸福的。"

我又是一怔。猛地想起，两年前的林凉，跟我说过同样的话。

六　再见萤火虫

我与莫子明恋爱的消息很快在我们共有的圈子里流传。

我约安周见面，是想亲口告诉他这个消息。一方面想挽回我们之间的兄妹情谊，一方面则出于某种只可意会而不可言传的赌气和炫耀。

星巴克里，安周看见携手而来的我与莫子明，倏地一怔。

然后我的心里，就流淌出一种苦涩而淋漓的快感。

那个午后，焦糖咖啡都失去了味道。安周默默地坐在对面，安静地看着我跟莫子明，跌宕的黑眸忽然让我有些心疼。

安周生日那天晚上，我把短信写了又删，删了又写，最后只发了"生日快乐"四个字过去。没想到的是，好像某种一触即发的情绪，安周竟然回了许多短信给我。他说丫头你出来，我有话对你说。他说今天你让我任性一次行么？我真的想见你啊。

我很认真地犹豫起来。我想我不能去见他。因为我没有把握可以控制自己的理智，不再掉入那个掌控我十年的童话里。

见我迟迟未回复，安周的电话打了过来。其实我苦苦等待的，一直不就是今天这种场面吗？可是我看着铃声大作的手机，莫名地就胆怯了。何况我的心跟手机一样，不想再摔坏一次了。

妈妈在阳台上站了一会儿，看着我苍白的脸色，说："安周在楼下呢。"

我点点头，没有说话。

当手机铃声最后一次响起的时候，妈妈叹了口气，说："其实你去北京的钱都是安周的。我炒楼炒股，本钱和消息也都是安周的。妈不是想勉强你什么，只是想让你知道他是怎么对你的。"

我重重一怔。然后飞快地跑下楼去。黑暗的楼道里，泪水又一次淹没了眼眶。

我问安周："为什么你什么都不说？当我试探你的时候，为什么你什么都不说？"

安周忽然把我抱在怀里，紧紧的，像要将我捏碎一般。

"丫头你知道吗？在我心里，你曾经是多么美丽的一个梦。当我再见到你的一刹那，我甚至是有些埋怨你的。因为你打碎了我的梦。"沉默良久，他终于在我耳边说，说那些我永远猜不到的，他的心事。

我仍然想保护你，想让你快乐，却不知该如何面对你的感情。可是我只知道一件事，那就是我不可以失去你。安周捏住我的肩膀，眸子如火般照在我眼底。

我怔怔地看他，眼泪毫无知觉地汹涌而出。

终于知道，他为什么一直逃避我的感情。因为他可以有个很胖的妹妹，却不可以有个很胖的情人。因为他太笃定我会一直留在他身边，直到我变回当年那个小公主。

我轻轻挣开他的手，说："当我们没有得到正确答案时，那只是因为我们问错了问题。安周，那天我不该试探你，就像今天我不应该下来见你。也许那样，我们都可以自欺欺人地过一辈子。因为最需要王子的人，是当初那个胖子啊。"

然后我飞快地转身上楼。这就是我的选择。

原来上天帮我精心安排了一场试探，看那个善良完美的天使能有多善良。原来你我爱着的，都是彼此童年的梦境而已。当你终于紧紧把我抱在怀里的时候，我才发现，住在我心里的那个天使早就已经离开了。

转身离去之前，我在安周乌黑的眸子里看到一抹疼痛。那种疼，转瞬之间，成倍地疼在我心上。片刻的犹豫之后，我还是没有回头。即使我知道，天使那天瞬间疼痛的眸子，将会成为我缠绕一生的伤口。

似是故人来

一

2017年的冬，我从墨尔本回到沈阳。如果在国外拿到学位之后回国的人叫海龟，那么我就是一个不折不扣的白海龟了。那一纸文凭，除了在抽屉里占位置，丝毫没有别的作用。

好在祖上荫庇，虽然四体不勤，生活也得以富足安乐。

在街角开一间名叫 Somer's by 的咖啡店。超大的落地窗门口挂着水晶风铃，吧台侧面有个白色的漆木书架，摆满了浪漫得死去活来的言情小说。蓝寂然曾经不止一次地说："潮汐，你应该多看些'有用'的书。"

为了纪念他这句话，我于是在小说旁边放了几本经济学专业的书。乍眼看去，有些不伦不类。

附近常来光顾的大学生掂量着一本经济学原理扭头看我，唇角挂着邪邪的笑，说："你知道什么是'相机原则'吗？"

我一愣。看来他是认准了我在装样子。于是笑着摇头，不说话。

猛然发觉，眼前这个穿白衬衫的男孩，竟像极了寂然以前的样子。倒真是应了我的店名。

似是故人来。

他笑着把书放回去，说："你为什么总是不说话？"

我抿了一口绿茶，刚想回答，手机却响了起来。

寂然在电话那端说："潮汐，你去了哪里？我很担心你。你回来，好不好?”

二

2012年,沈阳。

大一新生,对大学生活的认识完全建立在文学作品描述的基础上,脸上带着蓬勃期待的朝气,连走路都像只兔子一样蹦蹦跳跳。有学生会的学长过来点名,寂然在旁边悠悠地站着,一言不发,精致的眉眼和直挺的鼻梁,在盛夏正午猛烈的阳光下,没有丝毫的狼狈和瑕疵。

穿着军装的绿莹莹的女生群齐刷刷地望向他,仰着一张张被太阳晒红了的小脸,惊如天人地望着他。

每天晚上的卧谈会,学校里颇有些姿色的帅哥都有机会做主角,而寂然,就是主角中的主角。现在想来,那真是一种奇怪的感觉,好像能从别人口中听到他的名字都是好的。我们互相交换着,他住哪栋宿舍楼,他学什么专业,他有没有女朋友。

当我们得到肯定的答案之后,紧接着要问的就是:“他女朋友漂亮吗?”

黑暗中,四方的寝室里,其余五个女生都眨着一双精光闪烁的眼睛,巴巴地望着说话的那个人。

“漂亮。”那个知情者笃定地说。“听说是给杂志当过封面模特的,天生丽质,皮肤白皙,五官精致。”

听了这个答案,众人怏怏地翻身睡去,从此对天人一般的寂然,不再抱有幻想。我不免有些心灰，可是也许正是因为得不到，他便像一只限量版的LV包包，更加撩拨我的心。

三

回到家，妈妈正在衣橱里收拾我的家当，看见我，说："潮汐啊，晚上你表姐过来吃饭，你不要的衣服鞋子，送给她一点吧。"

我无所谓地点点头，说："好啊，我还有瓶香水想给她，那个味道我不喜欢了。"

许景欣是我的表姐，家境很不好。彼时不识愁滋味的我，只是出于最简单的姐妹之情来帮景欣，送她我只穿了一两次的名牌衣服，送她我用不完的香水和化妆品。当时的我并不知道，那只是让她觉得屈辱。

景欣长得很美，身材样貌，无懈可击。小时候我们一起玩，她走到哪里都会被大人夸奖。我跟景欣的关系很好，从小到大有什么心事总会跟她说，包括暗恋大三学长的事情。她无疑是聪明并且深谙男生心理的，总能给我一些很有用的建议，比如让我采取迂回战术，先想办法要来他的手机号，从精神领域下手。

晚上景欣来我家。说："潮汐，下个月的二十一号你有空吗？我朋友生日，你过来玩吧。"

我的嘴里塞满了水果沙拉，指着她的脖子说："这项链好漂亮。"

景欣用纤细的手指按住那条项链，笑着说："在小摊子上买着玩的。"

妈妈是开珠宝行的，对钻石绝对专业，在景欣去洗手间的时候随口说道："那颗钻石绝对是真的，一点五克拉，听说景欣在兼职，看来赚了很多钱。"

我回头看看洗手间的方向，很八卦地说："听说景欣有男朋友了，也许是他送的吧。"

爸爸接口说："唉，你看人家景欣都有主了，你也赶紧找一个吧，别老让我们担心你嫁不出去啊。"

我的脑中霎时浮现出寂然俊美的面孔。心里忽然泛滥起一种甜甜的感觉，如果寂然是我男朋友，该有多好。

其实看到这里，稍有心机的人都猜到我将会在她家看到谁了。

原来我跟景欣之间一直是这样的一种辩证关系。

其中一个人的得到，就意味着另一个人的失去。

四

没有任何接近寂然的机会。

那个周末的晚上，我像个蹩脚的侦探，徒劳而又锲而不舍地在百度搜索栏里搜索着他的名字。蓝寂然，蓝寂然，各种各样的蓝寂然。

一无所获。

凌晨四点，微白的天光照入窗棂，在我快要绝望的时候，胡乱点开一个叫 Julian 的玩乐吧主页，心想我大概要放弃了。

定睛一看，只觉清晨的阳光点亮了世界。

主页的左侧，明晃晃挂着寂然的照片。

他以为我们萍水相逢，并不知道我的处心积虑。

Julian 的玩乐吧是众多音乐爱好者常去的地方，可以上传原创和翻唱音乐，我这才知道，原来寂然唱歌是这样好听。他时常占据每周排行榜前十名的位置，被管理员推荐，被网友追捧。呈现在网络上的，是个完全不一样的蓝寂然。明快张扬，不似现实中的他，恬静淡漠。

我装作新进音乐发烧友，通过评论和博客渐渐与他熟识起来。随便翻唱了一首歌传上去，让寂然指导我技巧。没有想到的是，寂然听后竟惊为天人，说："你的声音真好听。让我想到在大海中唱歌的人鱼。"

我笑说我可不要当人鱼。童话里的人鱼公主，总是得不到幸福的。

寂然的语气忽然有些伤感，他说幸福是要自己争取的。可是原来到了手的幸福也会飞走的。

寂然说："潮汐，你以后多唱些歌给我听吧。不知道为什么，一听到你的声音我就会觉得心安。"

他说这话的时候，即使隔着十九寸的液晶屏和山山水水的距离，我的胸口，还是汹涌地流淌出一种温热的情愫。

寂然，你可知我有多希望可以陪在你身边，让你心安。

五

一月二十一日很快来临。

我早早跑到景欣家里，手忙脚乱地帮她做蛋糕。本来就没做过家务，再加上心神不宁，我咣当一声打翻了一整瓶酱油，雪白的毛衣霎时惨不忍睹。景欣看我这个样子，忍住笑，说："快去洗澡换衣服吧，别再来厨房捣乱了。"

我快快地洗了澡，回到景欣的房间，当我正背对着门在穿套头毛衣的时候，猝不及防地，忽然有人自后抱住我，一种陌生的温暖电流一样走遍我的全身，他的下巴抵在我肩膀上，有温热的鼻息呵在我耳边，他说："景欣，我没想到你会给我过生日。"

我猛地回头，湿漉漉的长发抛起一个错愕的弧度。那一个照面，真的就像歌里唱的那样。

五月的晴天，闪了电。

我忽然有种宿命的感觉。

自后抱住我的人，竟是寂然。

他急忙松手，白皙的脸瞬间掠过一丝潮红，他说："对不起，你是谁?"

我僵硬地看着他，良久才挤出一个笑容，我说："学长你好，我叫谢潮汐，是景欣的表妹。"

景欣的手艺很好。美味的蛋糕和满桌子的饭菜，我却吃得食不知味。同来的还有景欣跟寂然共有的朋友，大家热热闹闹地一起关灯吹蜡烛，我望着烛火映红的寂然的脸，心就一丝一丝地绞了起来。

蜡烛灭掉，景欣开了灯。满室的明亮中，她忽然就哭了，直直地望着寂然，说："我们分手吧。"

一屋子的人，全都僵住了。

寂然错愕地看着景欣，以为她在开玩笑，扬扬嘴角，说："景欣，你说什么？"

景欣的眼泪大滴大滴地砸下来，说："寂然，我比谁都清楚你的骄傲，所以才在这样的场景下跟你说分手。你不会原谅我的，对不对？"

寂然定定地看住她，乌黑的眸子翻江倒海。转身夺门而去。

我望着寂然仓皇的背影，几乎是下意识地，追了出去。

一路跟在他身后，穿过好多条街，好多条小巷。

清晨的时候，微薄的天光照亮寂静的城市，让我想到我在电脑前茫然地搜索他名字的那个夜晚。

六

寂然沉寂了很长一段时间。没有人能找到他。

我去找景欣，我说："表姐，你怎么能这么狠心？寂然他失踪了你知不知道。"

景欣朝我苍白地笑笑，说："潮汐，寂然就是你喜欢的那个学长吧？我也是那天才知道的。"

说完，她走向一辆白色的奔驰，一个面目平淡的男人亲昵地揽住她。景欣摘下脖子上那条水滴形状的钻石项链，放到我手心里，说："这是寂然打了一年工送给我的。可是我现在已经不再需要了。以前你总是送你不要的东西给我，那么，这个就当是回礼吧。"

语气平和，听起来却有些尖酸。

我握着那条一点五克拉的钻石项链站在街头，忽然有点说不清道不明的失落。生硬的金刚石，硌疼了我的掌心。

那天晚上，寂然在博客上回复了我的留言。

他说，那天听到你的声音，我知道你就是潮汐。

原来世界是这么小的。

所以我要去澳大利亚了，也许这样对谁都好。

七

2017年，沈阳。

北方的寒冬总是凛冽而萧索的。当我裹着长长的黑色大衣经过有碧蓝色落地窗的写字楼时，总是下意识地驻足，仰头观望着，怔怔地，一瞬间失神。

时常站了半晌才发觉，这样仰望的姿态，甚至脖子调转的角度，都是多么似曾相识的。只是那片碧蓝的窗子里，已经没有那个熟悉的身影。

于是裹紧了大衣疾步离开，长长的棕色卷发飘散在凉薄的风里。午后空旷的大街上，偶尔也会有人来搭讪，小姐有没有空，小姐现在几点。

我只是淡淡地望回去，不发一言，径直绕开。走远了，身后便会传来讪讪的骂声，“这妞以为自己国色天香吗？装什么清高。”

我打开车门，走上停在路边的银色A4，忽然微翘着唇角想，如果换作两年前的自己，一定会冲动得想要开车回去撞死那个人吧。

从任性到沉静。原来两年的时光，可以改变那么多，曾经以为这是一辈子都不会改变的事情。

再回头望一眼那栋有碧蓝色落地窗的写字楼。原来，曾经以为很快就可以忘记的，他和他给的回忆，一直一直，未曾离开过我心中最柔软的地方。

随手按下车子里的广播。温暖的车厢里弥漫起细致缠绵的女声。

忘了忘不了。

忘不了两年前。

墨尔本的普华永道，会计师事务所大楼的落地窗就像一片碧蓝澄澈的海。

我曾在每天路过那里的时候，仰望着玻璃窗后的，他的脸。

八

2013年，墨尔本。

当我出现在寂然面前的时候，他重重地愣住。

直直地看了我很久，他说："谢潮汐，你怎么来了？"

我说："我喜欢墨尔本大学呀，喜欢这里空气新鲜地广人稀啊，喜欢这里的研究生只读一年半就可以毕业啊，喜欢……"

喜欢你呀。这句话到了嘴边，到底是没有出口。

不知道是一种什么样的力量，让不擅英文的我，在一个月里把雅思考到四个七。跟爸爸妈妈讲了整个故事的始末。他们很开明，并且认为年轻的时候是应该要浪漫的。于是帮我找了最快的中介，申请到澳大利亚的大学。

我们在墨尔本度过第一个圣诞节。我想家，喝了很多酒，揪着寂然的领子说："如果不是喜欢你，我会到这个说鸟语的地方来吗？如果不是喜欢你，我会为了等你在网上的一句晚安等到半夜吗？如果不是喜欢你，我……"

寂然忽然抱住我。

他的怀抱还是那么温暖，他轻拍着我的背，什么也不说。

我翻出那条钻石项链。寂然，我是多么地喜欢你，喜欢到不介意你退而求其次，你明白吗？

景欣她不要的东西，对我来说，却是全世界最珍贵的。

寂然看到这条项链，眼神一瞬间凝滞。

我说："我们在一起吧，天长地久，好不好？"

寂然别过头去，没有回答。

其实我要的真的不多。

一杯午后氤氲的热奶茶，一双傍晚自后环绕腰间的手，一个夜晚散落在刘海发间的轻吻，便可换得我死心塌地，一生一世了。

可是纵使索取如此简单，他还是什么都不肯给我。

亦不肯接受我低眉敛目许诺的，那句天长地久。

这样想着，眼泪就落下来。

寂然托起我的下巴，眼神中凝着一种不忍的爱怜。他说："我想，试着喜欢你。”

九

真正当了他的女朋友，才真正地知道，寂然是个多么美好的人。

我生日那天，我们说好只简单庆祝。彼时刚推出能拍照的手机，我随手翻着杂志上的手机广告，说：“其实买个数码相机不也一样吗？”

寂然笑，说：“当然不一样了。数码相机能打电话吗？”

我笑喷。

寂然拿出一个小巧的礼盒放在我手上，说：“送你个礼物吧。是闹钟，不过可以打电话哦。”

我拆开来看，是 NOKIA 新款可以拍照的手机。

他说：“潮汐我知道你从小娇生惯养。所以只有当我有足够能力照顾你的时候，才跟你在一起。”

被他捧在手心里呵护的我，笑到流眼泪，觉得自己是世界上最幸福的女子。

寂然给过我一生之中最美好的回忆。其实直到故事的最后，他也没有说过任何伤害我的话。只是他的心，伤害了我。

纵使他给我的快乐，无人能及。

那天晚上一起去看了一部恐怖电影。

回公寓的时候，电梯里只有我跟寂然两个人。

寂然学着电影里的恐怖桥段，装作很认真地说：“电梯好多人哦。”

我一向胆小，虽然知道他是在逗我，还是忍不住缩到他怀里。

看着他得意的笑容，我嗔怒，说："你为什么这样吓我，明知道我会害怕。"

寂然摩挲着我的头发，故作阴险地说："这样你就一整月日日夜夜都离不开我了啊。"

其实他明明知道，我是一辈子都离不开他了的。

十

总是有人说，越是美丽的童话，就越容易得到一场悲伤的结局。就像《海的女儿》一样。

这场悲剧的前兆，是景欣给我的一封 E-mail。

她说她离开了那个 IT 精英，她说她这几年用他给的钱做资本赚了不少，她说她很想我，还有寂然。

景欣甚至史无前例地跟我聊起金庸。

她说一见杨过误终身。

程瑛，陆无双，公孙绿萼，郭襄，完颜萍，还有郭芙。喜欢杨过的女子真是不少。可是除了不食人间烟火的小龙女，她们都是单相思。

大多数人都觉得郭襄对杨过的爱更让人唏嘘。

可她觉得与杨过之间最追悔最错过的，却是郭芙。

因为她曾在离他最近的地方，失去了他。

她这话是什么意思呢？

她是不是在说，她就是小龙女和郭襄的综合体，既是杨过最爱的，又是最让人唏嘘的？

那么我又是谁呢？

孤独一生的程瑛，为他丧命的公孙绿萼，还是改嫁他人的完颜萍呢？

十一

两个月以后，景欣站在墨尔本大学的图书馆门口对我微笑。

她微笑地看着错愕的我，走过来拉住我的手，说："潮汐，你变漂亮了。"

我有些发怔地说："你跟以前一样漂亮。"

她应该知道，面容如水的我，即使再怎么打扮，也始终跟她那种类型的美女相差好几个级数的。就像无论我再怎么喜欢寂然，也抵不上她在他心中的位置。失去的总是最好的，所以失而复得的感觉才这样令人喜悦。

我说："你找过寂然了吗？"

她沉吟片刻，点点头，说："我下飞机就去找他了。他在邮件里说我可以去普华永道的会计大楼找他的。"

我的心一沉。

寂然从来没有跟我提过景欣跟他联络的事。

或许他在挣扎吧。

一边是很爱他的，一边是他很爱的，他会如何选择呢？

十二

2017年，沈阳。

多么庆幸，寂然是一个经常更新博客的人。这样我才可以在近在咫尺却又千里之外的地方望着他博客上大片星光飞舞的美丽界面，瞠目结舌地望着，心突突地跳着。

看着网络上的他的照片，便好像他真真正正地站在我面前。听着他上传的原创音乐，便好像那些歌是为我而作。从字里行间体会着他的快乐忧伤，便好像那些细节是我与他共同经历。

这样孤独而又炽热地爱着的生活，我很满足。同时以一种自欺欺人的姿态，对外宣称我早已将他忘记。

原来，选择用什么方式去爱一个人，跟选择爱上哪个人一样，都是不需要理由的。

又或者说，可以用什么方式去爱一个人，跟可以去爱上哪个人一样，都是没得选择的。

我把他的歌声下到iPod里，走到哪里听到哪里。然后在iPod的小音响明灭的蓝色光影中，守着他的声音入睡。

这就是我爱他的方式。

如果他知道世界上有这样一个女子，站在离他最近又最远的地方，为他的眼睛着迷，听他的声音入睡，无声地体会着他生活中点点滴滴的喜怒哀乐，他会是什么感觉呢？

俊美恬静的微笑背后，可否会有一丝动容呢？

Somer's by 落地窗前，考过我相机原则的那个男孩走到我身后，白衬衫干净得好像天边的云朵，他指着网页上的寂然的照片，说："你在想念的，就是这个人吗？"

我微笑，点点头。

那个男孩忽然严肃起来，他说："人的感情就有一杯水那么多，倒多了，剩的就少了。把感情留给一个值得你爱的人，好不好？"

我耸耸肩膀，不说好，也不说不好。

十三

墨尔本多了景欣这个人，在我眼里，连熟悉的街道都变得肃杀起来。

我是多么害怕寂然他会离开我。我对他说："我们离开墨尔本好不好？我们还年轻，我们应该多去些地方。悉尼，伦敦，多伦多，纽约，哪里都好。"

寂然深深地看我，我想他知道我在担心什么。沉默良久，他朝我笃定地点头，说："好。"

在我订好机票那天，景欣打电话给我。她说："潮汐，好久没吃我做的菜了吧。晚上来我家吧，别带寂然哦。"

想起从小到大跟景欣经历的点点滴滴，几经犹豫，我还是去了她家。

我们喝了酒，一杯接一杯的，我一直以为景欣酒量很差，可是结果真正不胜酒力的人是我。酒过三巡，整个人就像瘫痪了一样，无力地趴在桌子上。

好像一条绝望的鱼。

隐约看见景欣歇斯底里地笑着，说："谢潮汐，从小到大，你可知道我有多么希望你不存在？我们从小一起长大，我不明白为什么我明明样样比你好，却始终要被你踩在脚下，巴巴地捡着你不要了的东西，乞讨一样讨你父母的欢心。"

"我比你漂亮，比你聪明，比你勤奋。可是这又怎么样呢？我费尽心思才能得到的东西，你只要挥挥手就有一大把。谢潮汐，你凭什么？你想不想知道你小学二年级的那个新书包到底丢在哪里？呵呵，是我用剪刀剪碎了它，然后丢到学校的厕所里。"

我沉甸甸的脑袋忽然就清醒起来。今天的景欣，好陌生。挣扎着想要站起来，浑身却一点力气都没有。

景欣是学医的，家里随处可见那种小巧的手术刀。

虽然她不会也在自己的酒里下药，可是她还是喝醉了，比画着手中的手术刀，摇摇晃晃地向我走来，说："谢潮汐为什么你什么都要跟我抢，为什么？"

我用尽全身力气躲闪着，咣当一声巨响，掀翻了一桌酒席。

碎了的，何止是一地玻璃。

十四

当我醒来的时候，周围是一片金色的白。墨尔本的阳光总是像花朵一样新鲜。

爸妈围在我的床前，见我醒来，几乎喜极而泣。

妈妈握着我的手，说："潮汐，你醒了就好，我们明天就回国。"

我说："寂然呢？寂然他在哪里？"

话到了嘴边，却怎么也发不出声音。

妈妈赶忙掩住我的口，说："你病刚好，先不要说话。你是不是想问，寂然在哪里？"

我忙不迭地点头。

脾气一向温和的爸爸忽然很激动地站起来，挥手打翻了桌子上的花篮。他说："你别再提那个人！他有把你放在心上吗？一次都没有来看过你，就只知道守在景欣的病房前！"

我重重地怔住，霎时泪凝于睫。

其实，我一早就知道，寂然的心的确不在我这里。纵使景欣背叛过他，他看她的眼神也始终与别人不同。

也许他永远都不会用那样的眼神看我。

可是到底什么才算真的勇敢？是哭着要你留下，还是笑着看你离开？

十五

很久之后我才知道事情的始末。

内容大致是我和景欣在她的公寓里遭遇歹徒，只是我被人用刀割破了喉咙，而景欣受的伤却比我重得多，刀刀切中要害，抢救了很久很久。而当她脱离危险的时候，我已经随父母回到沈阳。

景欣她是学医的，分寸火候恰到好处。

她导演了一场无声的默片。寂然才是主角。她知道，只有在生死关头的时候，寂然对她尘封的爱才会显现出来。

他果然一直一直守在她门口。

从始至终，我都不过是个配角。

十六

“Somer's by，这个名字很美啊。是那个电影的名字吗？似是故人来。”穿白衬衫的男孩赖在我旁边的位置上，没完没了地说些有的没的。

我安静地看着他，安静地微笑。

“我叫莫家尧，你呢？你为什么不肯跟我说话？”男孩颇有些锲而不舍。

今天店里的客人很少，安静祥和的午后，店里只有我跟他两个人。

我解下一年四季围在颈上的围巾，淡淡地看着他。

雪白的脖颈上，印着一道细线一样的伤口。

我在笔记本上打字，二号的黑色罗马字。

我说：我不是不说话。

而是，不能。

寂然曾经说过，他最喜欢我的声音。而现在，仿佛一切都回到了原点。

时常很文艺地想，我的前世会不会就是那只倒霉的美人鱼呢？

所以今生，我要用声音交换了双腿，才能拥有一个站在他身边的机会。

一直期待着一个场景。

有一天，门口的风铃会叮叮当当地响起来。背光的视野里会出现一个挺拔瘦削的人影，精致的眉眼和直挺的鼻梁，午后寡淡的阳光里，宛若天人。

他会告诉我，即使我失去了声音，也仍可留住爱情。

Somer's by。

似是故人来。

十七

风铃声响起，一个熟悉的身影走近门口。

寂然看着我，眼中没有一丝惊讶，他早就知道我在这里。

他径直走过来抱我。

“潮汐，其实你一直都不了解我。”

寂然将我抱着，紧紧地：“我不希望她死，因为她是外人。我以后的人生里，不能没有你。”

我的绝色男友

不是每一场遇见，都会有一个完满的结局。

可是我却始终记得，当我为林宿昔难过时，姚寂远潋滟的眼波中折射出的那种令人无处藏身的光芒。

很久之后我才知道，那晚当我在他肩膀上沉睡的时候，他在我耳边轻声呢喃了什么。

他说李晴天你真的感觉不到么，那场烟花冲天盛放，在你将林宿昔装进心里的时候，我装下了你。

一　一顾倾人城

学生会里的新人都是要从打杂做起的。昨晚我才彻底领会了这句话的含义。主席林宿昔真是个冷血的上司，居然连发言稿都要帮他写，害得我昨晚十二点才睡。

摇摇晃晃的公车上，我倚靠着墙角，黑着两个大大的眼圈，昏昏欲睡。背后隐约传来女生叽叽喳喳的议论声。

“你知道吗，二班的姚寂远真是位天人，不但长相俊美，学习也超好的呢！”

“姚寂远？哦我知道了，你是说二班那个绝世大帅哥吧！我班女生自从跟二班一起上了一堂体育课之后，就集体对他不能自拔了！看不出来吧，他看起来那么纤细，运动神经可是超好的呢！”

拜托，大清早就这么吵，还让不让人睡觉了啊！坐在她们前面的我，不禁很不爽地使劲往后靠了一下，换了个姿势继续睡。

后面的两个女生安静片刻，复又小声议论起来。

“对了，你知道林宿昔吧？就是那个黑黑的学生会主席！”

“嗯我当然知道啊，他人缘超好的，可是我们学校的风云人物呢！”

“听说他有女朋友了呢！唉，真可惜！”

我紧闭的眼眸骤然睁开，心底瞬间掠过一丝什么。……她们胡说什么啊，林宿昔怎么会有女朋友？昨天我还看他一个人愁眉苦脸地在操场上打篮球呢……

一种微酸的感觉在我心底一点一点蔓延开来。那个备受女生爱戴的林宿昔……他不会真有女朋友了吧？

下意识地回头望向身后说话的那两个女生，忍不住想问这消息是从哪里来的，却又觉得有些不妥。她们看见我，愣了一下，迅速噤声，转头望向窗外。

我颓然地回过头。心想这下糟了，看样子她们认识我。唉，整天围绕在林宿昔身边的新进学生会成员李晴天。恐怕早就有人对我议论纷纷了吧。

以这两个女生八卦能力的段数来看，“李晴天暗恋林宿昔”这个已经不再是新闻的绯闻，估计又要以两米为半径在校园里流传一番了。

一上午，我坐在教室里莫名有些心烦意乱。也许是因为昨晚没睡好的缘故吧，我才不会为了林宿昔有没有女朋友之类的小事情烦心呢，我这样想着，颓然发现这明摆着是此地无银三百两。忍不住在书桌里发短信给他，说："昨晚我可是呕心沥血地帮某人写演讲稿啊，某人中午是不是应该请我吃饭报答一下呢？"

因为太过紧张竟忘了把手机调成震动，一分钟之后，我清脆的手机铃声在沉寂的教室里嚣张地回响，惹来老师一个大大的白眼。

林宿昔说："好啊，正好介绍个朋友给你认识。"

我的心一沉。看来他真的有女朋友了。

教学楼前，微风吹来，卷起大片似雪的杨花花瓣。暗香浮动。

我停住脚步，远远看见林宿昔正与一个高挑的女生站在一起。她真的好高呢，几乎已经跟林宿昔平行了……我几乎刚到他的肩膀而已。眉眼细长，眸子乌黑，皮肤白皙得宛如婴儿，走近了偷眼看去，也找不到半点瑕疵……穿着倒是很中性，短发，细碎的刘海垂在额前，蓝色的Nike T恤，更显出一种超尘脱俗的气质来。

"丫头，你怎么现在才来啊？"林宿昔看看手表，蓦地看见贼溜溜躲在角落里的我，略带抱怨地说。

"……你女朋友真漂亮。"我露出一个大大的笑容，别过头，却有些涩涩的味道。这个细微的表情却被那个倾城美女捕捉到，只见她如水般的瞳仁骤然睁大，明显地怔了一下。

林宿昔有点茫然地看着我，说："女朋友？……你是说他吗？"他难以置信地指向身边的"美女"，脸上骤然露出一种想爆笑又笑不出来的扭曲表情。

"你说谁是他女朋友？"一个冷冷的声音自我上空传来，好听而淡漠的一个男声，仿佛清风掠过水面。

我诧异地抬起头，对上他微微眯起来的黑眸，后脑勺立刻布满黑线。他，他竟然是男生！……这下可糗大了！

“你不会连他都不认识吧！姚寂远，风靡全校的大帅哥啊……李晴天我真是服了你……”林宿昔再也忍不住，捂着肚子大笑起来。

我的脸上一阵发烧，怯怯地望向那个被我认错的男生……可是他真的很美啊，缤纷而下的白色花瓣中，他的黑发微微摆动着，星眸中泛出冷淡的光……这样美型的男生恐怕只有在漫画书里才能见到吧。

姚寂远面无表情地看着我，好看的脸上浮现愠怒的神色。转头淡漠地瞥向狂笑不止的林宿昔。宿昔急忙收住笑，唇边的细纹还来不及褪去。

“晴天不是故意的，你别生她气。”宿昔看着脸色铁青的姚寂远，走过来拍拍他的肩膀说。“姚寂远最讨厌别人说他像女生了，丫头你还不快道歉。”宿昔急忙打圆场。

“对……对不……”这件事的确是我太乌龙了，道歉也是应该的，我低头走到他身前，话还没来得及出口，姚寂远已经转身走开，声音冷冷地从背后飘过来，说：“没必要道歉，智商低不是她的错。”

我一愣。这个绝色帅哥，脾气还真大呢。

“喂，这说明你长得漂亮啊，至于这么生气嘛!”我看着他颀长的背影，怏怏地说。

“漂亮？我不觉得你这是在夸我。李晴天，我记住你了!”姚寂远回头瞪了我一眼，好看的眼眸秋水一般。微风掠起他的黑发，花瓣雪花一样在他身边飞舞。

我不禁看呆了，扯了扯林宿昔的袖子，脱口而出地说："你知道什么叫一顾倾人城，再顾倾人国吗？——看看姚寂远你就知道了。"

林宿昔怔怔地看了我一眼，随即捂着肚子笑倒下去。姚寂远彻底被我打败，狠狠白了我一眼，转身快步离开我的视线。

等他走了半天我才恍过神来，唉，辨别率低也不是我的错，莫名其妙就多了个仇家。

二　再顾倾人国

校庆晚会如火如荼地彩排着，这几天所有学生会成员都忙得不可开交，布置背景、拟节目单、制造舞台效果……我就像个勤劳的老鼠，灰溜溜地穿梭在衣着光鲜的演员之中。时常能感觉到被众多女生簇拥着的绝世美男姚寂远，目光冰冷而饱含怨念地看着我，似乎还在对我把他认作女生这件事耿耿于怀。

旁边的林宿昔正与林乐珊商量主持的细节，我不由得酸酸地感叹一句：这两个人穿上西装礼服往那儿一站，可真像金童玉女啊。林乐珊跟我一起加入学生会，可是林宿昔从来不让她做打杂的工作，人家是美女嘛，大概只有主持人这类光鲜的工作才适合她。我不禁酸酸地叹口气，看看时间也不早了，刚要安排大家回去上晚自习，林宿昔的目光忽然越过林乐珊的肩膀落到我身上，扯着嗓子喊："丫头，去后台把烟火棒拿过来，我们一起试下效果。"

"哦……"我白了林宿昔一眼，敢怒不敢言，一脸不情愿地走入后台。等我累得半死捧出一大把烟火棒的时候，会场上已经没有人了，远远看见林宿昔、林乐珊还有姚寂远三个人站在夜幕降临的操场上有说有笑地聊着什么。

“辛苦啦，丫头。”林宿昔迎过来，拍拍我的头，笑着说。我一愣，好像只为他这样一个笑容，我方才心中酸涩的委屈霎时就烟消云散了。林宿昔转身忙碌起来，把一根根烟火棒摆在空旷的操场上，喃喃地说：“摆成什么形状好呢？”说着，抬头望向林乐珊，眼角闪过一丝狡黠的笑意。

片刻之后，围成心形的烟火棒齐齐绽放，在夜空中发出艳丽花朵一般的光芒，被围在心形中央的我们都是一愣，仰头望向天空中绚丽的光芒，脚下却忽然发出悉窣的响声……一簇火树银花般的焰火绽放在脚边，下意识地后退一步，隔着璀璨燃烧着的花火，我讶然抬头，正对上林宿昔温柔的，盛满笑意的眼睛。

暖黄色的光映照在他幽深的黑眸中，星光般灿然，我的心重重一震，怔怔地看着他，仿佛时间都停止……也许就在这个时候吧，我才真正弄清了心底对林宿昔的这份朦朦胧胧的感觉，尘埃落定般，真真正正把他装到了心里。

林宿昔的目光却越过我，直直落在林乐珊漂亮的脸庞上。棱角分明的脸上带着一丝希冀又忐忑的表情。

我的眼眶霎时一酸。他眼底为她隐忍的风情，我懂。

可是，在同样的时刻，他看不到我眼底的伤。

脚下的火树银花忽然栽倒到一旁，花朵般的火焰直直冲向我，就在这时，身后一双泛着凉意的双手猛地把我拽进怀里，目光盈水的我抬起头，正对上姚寂远睫毛纤长的双眸。他微微一怔，淡淡地松开我。看看林宿昔，又看看我，洞悉一切般，潋滟的眼波中折射出一种令人无处藏身的光芒。

烟花绚烂地绽放过后，一切归于沉寂。寡淡的星光铺在深蓝的天幕上，比起方才的璀璨，略显冷清。

“我先回去了……明天见。”我木木地扯出一个笑容，转身往教学楼走去。心中乱成一团，不知道该以什么样的姿态留在这里。身后紧接着传来姚寂远好听而淡漠的声音，说：“我也先走了。”然后他沉稳的脚步声便朝着我的方向走来。

“姚寂远……我们顺路呢，一起回家吧。”林乐珊清脆的声音传来，我已经走出很远。下意识回头望过去，没有看到林宿昔，却对上姚寂远漂亮而深沉的瞳仁。夜风下，他白皙的脸庞衬着星辉，愈发俊美飘逸。

我狠狠地瞪了他一眼，好像在说，不要用这种怜悯的目光看我。

生平第一次跑到附近的酒吧喝酒。这才发现自己对酒精就像对林宿昔，无半点招架之力。酒保拿来一排五颜六色的试管，说：“这位小姐，Today's color，你选哪一个？每一种颜色都代表一种心情，绿色是希望，粉色是明媚，蓝色是忧郁，紫色是失望，黄色是浪漫。”

这些颜色戳到了我的痛楚，我指了指蓝色，颓败地低下头，没有说话。

“这么悲观，可不像我认识的李晴天呢。”一个熟悉的声音自我耳际响起，修长的手指捏起黄色的试管倒入我杯中，蓝色与黄色两种液体渐渐融合，生成透明的绿色。“Green for hope，还是这个比较适合你。”

不知为什么，我蓝色的心情仿佛也因为他的这句话而明媚了些，拿起杯子一饮而尽，口齿不清地说：“姚寂远，你也喜欢林乐珊吗？是不是所有男生都会喜欢林乐珊那样的女生？切，有什么了不起嘛，不就是长得漂亮点，成绩棒一点，人缘好一点吗？我看不出有哪里好……”

“你这是在嫉妒吗？”姚寂远捏起我的下巴，直直地看着我的眼睛，漂亮的眼眸里闪烁着一簇我看不懂的光焰。

我怔怔地看着他，扑闪扑闪眼睛，还未来得及回答，就“啪”一声栽倒在玻璃桌上。

身体在酒精的作用下已经完全失去控制，可是意识还隐隐清醒着。恍惚中，只觉姚寂远把我横抱起来，步伐矫健地将我带上无人的双层巴士。我软软地坐在座位上，汽车微微一颠，我的脖子就不经控制地朝窗户撞去……一只泛凉的手适时地托住我的头，轻轻地按向自己的肩膀。动作温柔得就像在对待一个瓷器娃娃，仿佛我随时都可能碎掉。

这个怀抱好舒服，我就像个溺水的孩子碰到了久违的温暖。意识渐渐完全抽离，靠在这散发着淡淡薄荷香的怀抱中沉沉睡去。

迷离的梦境中，隐隐听到一个冰凉的声音在我耳边响起，可是至于他说了什么，我却无从捕捉。

后来回想起那个夜晚，忘记了自己是怎样回家的，只记得那晚我睡得好安稳。

三　感动的是我

第二天照例在大礼堂里忙进忙出。因为很快就要月考，大部分人都是彩排完自己的节目就离开。午休的时候，冤家路窄般，偌大的礼堂里又只剩下我们四个人。

“乐珊，一起吃午饭吧。”林宿昔飞奔到林乐珊面前，黝黑的脸庞上掠过一丝羞涩。林乐珊无所谓地看看他，又望向姚寂远，说：“好啊，寂远也一起来吧。”说着无声地瞟了我一眼，目光中有昭然的不屑。也许是我暗恋林宿昔的事情传到她耳朵里了吧，我暗自想。

她的意思再明显不过，我转身就走，却被姚寂远一把抓住手腕。

“丫头，一起来嘛。”林宿昔见场面有些尴尬，露出一脸宽厚温和的笑容。

这顿饭吃得很沉寂，我只顾闷头吃着盘子里的意大利面，好像整个世界都凝结在盘子上面了。脸上不小心沾上了番茄酱，伸出舌头去舔，却怎么够也够不到。坐在我对面的姚寂远忽然伸过一张纸巾来，轻轻擦了擦我的脸，说：“你这是要去唱戏吗。”淡凉的声音中竟透着一丝宠溺。

乐珊的惊讶，宿昔的怔忡，在这一刻化作两道含义复杂的目光，直直朝我射过来。还好服务生适时出现，送来一杯香味弥漫的巧克力冰激凌，端端正正地摆在林乐珊面前。林宿昔急忙把勺子递到她手里，唇边掠过一丝希冀又羞涩的笑容。

“哎呀。”林乐珊漫不经心地吃着，忽然发出一声尖叫。似是有什么硌到了牙齿，拿出来一看，是个心形的银色戒指。

林宿昔憨憨地笑着，说：“那个……不要太感动哦，是塑料的而已。……不过我答应你，迟早有一天会把它变成真的。”

林乐珊脸上的惊讶表情渐渐褪去，好看的丹凤眼望向姚寂远，化作一个骄傲又轻蔑的姿态。微笑着把戒指推回到宿昔面前，说：“可是怎么办呢？我又不喜欢你，怎么可以接受你的戒指呢？”

林宿昔脸上充满期待的笑容骤然凝固，难以置信地开口，说：“乐珊……你说什么？”

“我已经有喜欢的人了，可惜那个人不是你。”林乐珊看了一眼姚寂远，好看的脸上荡漾着昭然的骄傲。其实这也可以理解，拒绝林宿昔这样优秀的男孩子，可以满足任何女生的虚荣。

“对不起，也许你误会了。那杯冰激凌是要送给晴天的，服务生弄错了位置而已。”林宿昔深吸一口气，拿起那枚戒指放到我手里，乌黑的眸子直直地望着我，就像个赌徒。遥远如天际的声音传入我的耳朵，他说：“李晴天，我们在一起吧，好不好？”

我心底的伤口骤然溃烂。纵使林宿昔只会在林乐珊面前露出那种羞涩如孩童的表情，他依然是高高在上的学生会主席林宿昔，被众星捧月惯了的，容不得自己输得一败涂地。于是我就成了那根无辜的救命稻草，他抓着我的手，眼神中甚至透出一丝恳求。

我面对这场峰回路转的反转剧，眼眶一酸，泪水几乎喷薄而出。天知道我是多么多么期盼有一天，林宿昔会对我说出这样的话，如今他真的说出口了，时间地点却全都不对。可是我喜欢他不是吗？既然喜欢，就应该顺着他的心意不是吗？演戏也好，替身也罢，只要他开心，我就应该照做吧。

我僵硬地扯出一个笑容，回握住他的手，点点头说："好。"那一刻，我的心是苍凉而勇敢的。勇敢得无所畏惧。

蓦然抬头，却看见姚寂远一瞬间疼痛起来的眼眸，随即飞快地错开我的目光，纤长的睫毛蝴蝶一般微微抖动着。

林乐珊愣住，随即愤愤地拂袖而去，高跟鞋狠狠地踏在地上，发出铿锵的声响。姚寂远翩然起身，露出一个苍白的笑容，安静地转身离去。

空旷的咖啡店，只剩下我与宿昔两个人。

"晴天，对不起。"观众走掉，也不需要再演戏。宿昔颓败地松开我，低沉着声音说。

我脑中回旋着姚寂远方才受伤的眼神，那么疼痛地在我心里蔓延。心中一酸，眼泪就簌簌地落下来。

四　佳人难再得

很久之后我才知道，那晚当我在姚寂远肩膀上沉睡的时候，他在我耳边轻声呢喃了什么。

他说李晴天你真的感觉不到么，那场烟花冲天盛放，在你将林宿昔装进心里的时候，我装下了你。

当我辗转得知他博客地址的时候，已是半年后，姚寂远被保送北大，要参加很多竞赛，早已退出学生会。一篇一篇看过去，从另一个角度重温着那段苍白而青涩的时光，才恍然发现，原来我在他心里，曾经占据过那么重要的位置。

林宿昔依然叫我丫头，我也仍然傻傻地跟在他身后忙这忙那。只是心中，却不再有那份依恋的感觉。因为经过那件事情之后，我忽然明白，林宿昔在我心中只是个模糊的景象，代表了我年少时光中对爱情的所有希冀，可是真正在我毫无知觉的情况下走入我心里的人，却不是他。

或许自从那个杨花漫天飞舞的午后，我第一眼见到姚寂远的那一刻起，有些事情，便注定要发生了。可是他太笃定我喜欢的是林宿昔，决绝地疏远我，远到让我没有任何机会开口去挽留。

北方有佳人，绝世而独立。一顾倾人城，再顾倾人国。宁不知倾城与倾国？佳人难再得。重拾这首当初我用来取笑他的诗句，恍如隔世。外表阴柔绝美的他，依然是这个校园里的神话，成绩一流，运动健将，与校花林乐珊不咸不淡地交往着，在各种竞赛中无往不利。

也许像我这样的人，就是适合在自己喜欢的人背后默默守望的人吧。随手在他那篇博客评论上留下了那首诗，底下写，不是每一场遇见，都会有一个完满的结局。可是纵使如此，我依然感谢遇见了你。

这话有些矫情，可是想删却已经删不掉了。

五　绝色男朋友

又来到学校附近的酒吧。一个人坐在角落里喝可乐，因为我知道如果我再喝醉的话，不会再有人送我回家。

似乎有人包下了旁边的包厢过生日，欢快的歌声不时从隔壁传来，更衬得形单影只的我一片落寞。酒保端来一排五颜六色的试管，Today's color，望着那明媚的绿色，我的眼眶却微微酸涩起来，摇了摇头拒绝掉。因为我心中已是一片空白，再没有任何颜色。

"Green for hope，我说过这个颜色比较适合你。"一个熟悉的声音从我上空传来，我的心一震，蓦地抬头，正对上姚寂远深深的星眸，深得仿佛要将我吸进去一般。他白皙修长的手指捏起绿色的试管，不由分说地倒入我杯中。

"你……怎么会在这儿？"我讶然。眼看从包厢里涌出大片人群，嬉笑着将我们围在中央。

"今天是我生日，我想送份珍贵的礼物给自己。"姚寂远坐在我身边，伸手将我揽在怀里。我的脸一红，侧过头，怔怔地看着他。

"李晴天，让我照顾你，好不好？"姚寂远捏过我的下巴，温柔地看着我。身后众人一阵起哄，我脸一红，把脸埋到他怀里，小声地说："好是好……可是有一个比自己漂亮许多的男友，我会很有压力耶。"

"你要是再说我漂亮，看我怎么惩罚你……"差点忘记了，姚寂远最讨厌别人说他漂亮了，不过还好他这次没有生气，只是坏笑地看我，伸手来呵我的痒……

我笑着逃开，别过头的一瞬间，却有喜悦的泪水涌在眼眶。

我的绝色男友，这一次，我一定不会再放你从我身边离开。

永永远远。

北极星知道我爱你

某个很无聊的电影里有句很好的台词，说，世界上最远的距离不是我就站在你面前你却不知道我爱你，而是明明知道彼此相爱却不能在一起。

敬熙，我们，是这样么？

一

早餐是一成不变的三明治和橙汁。敬熙跟我隔着空荡荡的大理石长桌相对而坐，比起我的风卷残云，他像个绅士一样举止文雅，悠闲地浏览早报的经济版。

我的嘴巴塞得满满的，吐字不清地说："喂，要迟到了呢。"

敬熙抬头看看我，抖了抖手中的报纸，说："我今天没课。"

他话音未落，我的瞳孔骤然放大。他上午没课，那意味着今天早晨他不会用每小时九十五公里的时速顺路送我去学校。

半分钟之后，在我抓起书包飞奔出去之前，敬熙不慌不忙地抿了口橙汁，嘴角荡漾着诡异的坏笑，说："允儿晚上来吃饭。如果你留下洗碗的话，我会觉得送你上学也不是那么痛苦。"

我摆弄着手中的书包带，怔怔地，半天才缓过神来，说："不就是让我留在家吃饭么，至于弄得这么纠结？"

敬熙双手狠狠揉乱我的短发，英俊的脸上盛开了笑容，说："我就是喜欢看你这种手足无措的样子。"

我在心里暗想，宋敬熙你这个白痴，不但折磨我的精神，还要折磨我的肉体。

他揽过我的肩膀向门外走去，以一种亲密温暖的姿态。蜷缩在他怀里的我亦步亦趋，觉得今天的天气像心情一样凄迷不明朗。

如果敬熙喜欢我，为什么还要叫允儿来吃饭?

如果敬熙不喜欢我，为什么还要每天早晨开着白色的 BMW 送我上学?

不知何时起，我喜欢他的目光落在我的眼底，我喜欢他牵着我的手宠溺地摇晃，我喜欢他拥着我的肩膀，手掌的热力直传我心。我甚至喜欢被他捉弄，喜欢他的指尖像龙卷风一样穿过我的碎发。

某个睡不着的夜里，我忽然明白，这所有的一切，都只能证明一件事。

我喜欢上了敬熙。

二

也许这种喜欢开始于他把我捡回家的那个春天。

那个苍白的春日，我睁开眼睛，医院满目的白色，映着窗外的阳光，刺痛我的眼睛。

陌生而英俊的男孩子坐在我的床前，满眼歉疚的关切。他不停地跟我说话，问我名字，问我来历，问我住在哪里。

我不停地摇头。

仿佛一个初生的婴儿，所有的记忆都遗落在前世。

后来，当医生说我脑部受到了强烈的震荡，可能永远无法想起过去的记忆的时候，我安静地扑到敬熙怀里，无声地哭泣。

不知为什么，我竟然不恨他。这个开车撞掉我所有回忆的男孩子，莫名地让我觉得安稳，骨子里的漂泊无依，渐渐，烟消云散。

敬熙带我回家。

宫殿一样华丽而空旷的房子，散发着奢靡而颓败的味道。他用大把的钞票，为我换来新的姓名和身份。

他从来不曾向我提及他的家人。每次当我问起，他就说："嘉恩你要听话，我以后会像疼爱妹妹一样疼爱你。"

我们都是没有过去的人。我们一起重新开始。

这样的敬熙，这样的我。

这样的我，爱上了这样的敬熙。

很久之后我幡然醒悟。

那个苍白的春天，当我睁开眼睛看到他的那一刻，有些命运，已经无可逆转。

三

第一次见到允儿是在敬熙的生日会上，我觉得人如其名这个词真不是盖的。

她的皮肤白皙透明得像深冬的雪，配着一双乌黑的眸子，好似落在凡间的精灵。敬熙说她进汉阳大学时分数最高，是聪慧与美貌并重的才女。当她像小鸟一样依偎在敬熙身边的时候，我心灰意冷得好似秋天的霜叶。

在高三苦苦挣扎的日子忽然就失去了所有热情。曾经以为，只要考上汉大就可以每天跟敬熙形影不离了，他也不再只把我当成稚气未脱的女高中生。可是现在，他身边的位置已经被人占了，希望渺茫的我，更加没有机会。

KTV里，我拿着麦克风一首一首地唱情歌，眼角瞥见敬熙拥着允儿开心地笑，嗓音不由得沙哑起来。那一首深情凝聚的《因为是女子》，唱得我自己满眼泪光。

敬熙开始频繁地带允儿回家吃饭。允儿的厨艺很好，系围裙的样子就像名副其实的女主人。不像我，只会做一成不变的三明治和橙汁。渐渐地，对照着允儿的聪明美貌贤良淑德，我开始厌倦自己的驽钝与平庸，每到允儿来吃饭的时候就找借口躲出去。

不明所以的敬熙，以为我只是到了该谈恋爱的年龄，不愿看到别人双双对对的样子。所以今天晚上，他有计划有预谋地带来闵贤。

闵贤是汉大数学系的，敬熙的室友，与敬熙一样长我两岁。一见到我，又是鞠躬又是握手又是自我介绍，好像是回到了古代。

我凑到敬熙耳边小声地说："三年一个代沟，你要把我送出去也找个年轻点的呀。"

敬熙像拍小狗一样拍拍我的头，说："闵贤这么英俊又是数学天才，多少女孩子做梦都会梦到呢，你还在这儿挑三拣四。"

我撇撇嘴，叹口气，不再作声。是啊，敬熙他又如何会懂，我不喜欢闵贤不是因为他不够好，而是因为我喜欢的人早已在我眼前。

四个人以打麻将的格局坐在大理石餐桌周围，怎么看都觉得怪怪的。我偷偷看向敬熙的时候，他正望着允儿的侧脸。我蓦地回头，正对上闵贤深深的一双眼。

那顿饭我吃得异常的饱。因为我需要用低头扒饭这个经典动作来掩饰被看穿心事的手足无措。

旁观者清。在闵贤的澄澈眼睛里，我知道我对敬熙的爱慕已经尽收于他眼底。

闵贤离开的时候已经不再如刚才见面时羞涩，而是落落大方地看着我的眼睛说："池嘉恩，你送送我吧。"

我看了看敬熙，又看了看允儿，说："好。"

繁华城市的夜景如天上的星光般璀璨，夜风里微凉的空气荡漾着袭来，栀子花的香味铺天盖地。闵贤与我并肩走着，心照不宣地彼此沉默。当一颗明亮的流星滑过天际的时候，他忽然开口，他说："池嘉恩，我们在一起吧。爱着只把你当妹妹的敬熙，你会难过的。"

我抬头看着闵贤澄澈的眼睛，泪水铺天盖地。

他刺痛了我心底的伤。

四

闵贤骑着整个校园里最拉风的一辆赛车，风一样在我身边掠过，空气中留下一阵古龙水的清香。

好友金千雅轻声地数：一，二，三。

方才风一样掠过的闵贤，又风一样地折回来。车轮与地面剧烈的摩擦声混合了风声，听起来有凛冽的味道。他如往常一样将车横在我面前，微低着头，说："池嘉恩，放学有空么？"

我沉默地摇头。风从脑后吹来，头发如水草一样张扬在眼前。我抱紧了怀里的书，拉起千雅大步向前，任身后那个身材颀长的美男子，独自落寞地伫立在原地。

走到图书馆门前，两排梧桐树叶子落满地。千雅停下脚步，狠推了我一把，说："池嘉恩你真是个白痴！闵贤那样的男生你竟然不珍惜！拒绝他，是不是让你觉得特有成就感？你简直比虚荣的女人还虚荣！"

我安静地微笑，看她恨铁不成钢般的气急败坏。我知道，在任何人看来，拒绝闵贤都是个明显的错误，何况我是相貌平平的池嘉恩。

不可否认，拒绝他确实可以让我得到某种虚荣。很多时候，这种撕裂的虚荣甚至可以减轻敬熙带给我的痛楚。

电话铃声响，我接起，听见闵贤的声音。他说："池嘉恩，你看你身后梧桐树的叶子都落尽了。我的希望也落尽了。我，决定放弃了。"

我握着电话四下张望，看见远处的闵贤斜斜地坐在自行车后架上，身影单薄而萧索。

我放下电话，一种空洞的感觉汹涌而至。除了敬熙之外对我最好的人，也在我苦涩的单恋面前仓皇离去了。我打电话给敬熙，说："今天晚上你回家吃饭吧。别带着允儿，我有话跟你说。"

我看了看手机上显示的日期。2005年4月9日。去年的今天，我失去了记忆，却得到了与敬熙相依为命的机会。一年过去了，很多事情都已经落地生根，我想一切都应该有个了结。

空旷的大理石桌边，我与敬熙静静地坐着，我抓起橙汁喝了一口，说："敬熙，我喜欢你。"

敬熙好像没听见一样，直直地望着我，脸上没有一丝波澜，他说："嘉恩，别开玩笑了，愚人节都过去好几天了。"

敬熙站起来拿起外套转身就走。我跑过去自后抱住他，学着电视剧中女主角的样子，说："敬熙你不要走。我有多认真，你是知道的。"

敬熙轻轻挣开我的手臂，一句话也没有说，开着白色的BMW绝尘而去。

王子骑着白马跑掉，把灰姑娘留在这里。

我忽然失去了所有力气，蜷缩在地上，眼泪自然地流淌，连哭喊的力气都没有。敬熙，早知如此，一年前我不会跟你回家。

为何你收留了我的人，却放逐了我的心。

五

敬熙开始拒绝跟我说话。

同一屋檐下的我们，仿佛彼此不相干的路人，在一座房子里自顾自地忙碌，自顾自地孤单。

敬熙一打一打地喝啤酒，他所有的不快乐都刺痛着我的心。

尽管我知道他的不快乐并不是因为我那天突兀的告白。

允儿很久没有来了。千雅告诉我，她最近不止一次地看见闵贤和允儿手牵着手逛街。

那天晚上星光黯淡，风凉凉的，天很阴。我坐到敬熙身边，打开一罐啤酒一口喝掉半瓶。我说："敬熙，允儿走了你可以追回来，不要这样折磨自己。这种颓废的样子谁会喜欢呢？"

敬熙忽然把脸凑过来，用浑浊的目光近距离地望着我，他说："你知道吗？爱上不该爱的人，原来是这样痛苦的一件事。我爱上你，却不能爱你，该怎么办？"

说完他倒在桌子上，他醉了。

我想他是把我当成了允儿，眼泪又流出来。敬熙，允儿真的能让你这样痛苦吗？就像你给我的痛苦一样那么深刻。

我打电话给闵贤。约他在大学路的两排梧桐树下见面。

许久未见的闵贤依旧英俊如昔，只是眉眼里有掩饰不住的疲惫和忧伤。

我走过去笨拙地拉他的手，说："闵贤，你不是喜欢我的么？为什么又去喜欢允儿呢？"

闵贤怔怔地看着我，说："池嘉恩你就是这样，总是说出让人意外的话来，清冽单纯得就像天上的北极星。"

"我们在一起吧！你把允儿还给敬熙。"我看着地面，幽幽地说。

闵贤一把抱着我。尖尖的下巴抵在我的额头上有些疼。

他说："池嘉恩你真是个傻女孩。如果我把允儿还给他，敬熙就更不会喜欢你了呀。

“池嘉恩你知道我是从什么时候开始喜欢你的吗？就在那天敬熙的生日会上，你用清冽的声音专注地唱歌的时候，表情纯净得就像天上的北极星……”

六

在那张承载着我与敬熙三百六十五天喜怒哀乐的大理石桌前，闵贤问敬熙，说：“其实，你是喜欢嘉恩的吧。”

敬熙摇摇头，说：“我不知道。”

闵贤走过去拎起他的领子，你伤害了两个深爱你的女孩子你知不知道！

敬熙忽然虚弱起来，说：“你以为我想这样吗？”

僵持良久，他扔给闵贤一本日记，瘫坐在地上，失去了争辩的力气。

那本厚厚的日记，记载了一个叫宋彩恩的女孩十七年来所有的不快乐。

敬熙一字一顿地对闵贤说：“宋彩恩，就是池嘉恩。她，是，我，妹，妹。”

闵贤怔怔地望着敬熙，瞬间丧失所有理解能力。

那本日记点点滴滴记载了许多事，许多连嘉恩自己都不知道的事。

敬熙是宋家的养子，收养他之后，他的养父养母生下彩恩，敬熙一直把彩恩当成亲妹妹看待。可是后来，他们的父母死了，当彩恩知道他们死讯的时候，发疯一样冲出马路，被迎面而来的卡车撞到，失去了所有记忆。

敬熙想让她忘记过去所有重新开始，于是隐瞒了她过去的身份。

闵贤轻声地说："她迟早会追查她的父母。你应该让她知道真相。"

敬熙苦笑，说："我们的父母是毒枭，我们用的钱都是不干净的，这些话，你要我如何对她说？有的时候我甚至庆幸，失忆对她来讲或许是件好事。现在的嘉恩，跟以前的彩恩完全不同，起码，她可以拥有真正的快乐。"

七

我想我始终无法忘记敬熙。于是收拾好所有敬熙送给我的东西，买了一张去首尔的机票。可是，即使离开，我仍然希望他幸福。

我发短信给允儿，说："闵贤是为了帮我才追你的，真正喜欢你的人是敬熙。"

飞机轰隆前行，多希望时间可如景色般倒退。

再打开手机的时候，我收到允儿的短信。

她说："我跟闵贤在一起是取暖，只是取暖。两个得不到爱的心重叠在一起，便可以不再那么孤单。因为我知道敬熙是喜欢你的。不然，他不会在那么多个寂静的夜晚，偷偷地望向北极星。"

如果可以重新选择，那天，我不会翘课回家，也不会站在门外偷听到敬熙与闵贤所有的谈话。

过去的记忆潮水一样汹涌而来。

看着敬熙熟悉的脸，我忽然明白为什么他会给我一种宿命的感觉。

敬熙，你可知道，当池嘉恩还叫宋彩恩的时候，就已经开始暗恋她的哥哥。

转眼间，这么多年。

樱花树下，遇见一个王子的童话

柳熙珍是我的姐姐，她曾经在樱花树下遇见了一个王子。

他是她今生最后的幸福，她却无法与他天长地久。

于是她将这个幸福留给我，满心欢喜，以为我可以替她延续这个童话。

她不知道，这，却是我痛苦的开始。

一

阳光明媚的图书馆里，我坐在靠窗的位置上，企图用灿烂的阳光将潮湿的心情晒干。手中捧着一本《酒的成分与调制》，心不在焉地看。

忽然有人拍了拍我的肩膀，我回头，看见李俊宏漂亮的脸很不爽地扭曲着，他用超级不耐烦的声音说："喂，你坐了我的位置。"

李俊宏是汉大很有名的人物，换女朋友比换衣服来得勤快，喜欢开黄色的奔驰跑车招摇过市，整天到处惹是生非。我想这个人唯一的优点就是他长着一张俊俏的脸，不然怎么会有那么多女孩子喜欢他。

我站起来收拾书包，笑着对他说："请坐。"

他一脸的愤怒瞬间凝固，诧异地望着我，疑惑加震惊的表情有些搞笑。

我转身离开，他叫住我，说："柳熙恩，你不是一向最喜欢跟我吵架的吗？"

我回头，嫣然一笑，轻描淡写地说："我只喜欢跟人吵架。"

他"哦"了一声，怔怔地坐下。

我偷笑，飞一样地跑出图书馆。刚跑到楼下，就听见李俊宏在楼上大叫，他从窗户中探出头来，声嘶力竭地喊："好啊柳熙恩，你说我不是人！"

楼下众人一阵哄笑。我朝他打了个抱歉的手势，笑着朝校门外跑去。

李俊宏这么一闹，竟然让我方才潮湿的心情烟消云散。

走到校门口的时候，韩千雅忽然拉住我的书包带，说："熙恩，你又赶着去那家西餐厅打工啊？拜托，汉大很难毕业的，你又不缺钱，用不用那么拼命啊？"

我对她讪笑，敷衍她说："死丫头，我多赚钱也是为了你啊！不然我们怎么有钱去听 RAIN 的演唱会。"

千雅只好放手，说："早点回来，晚上有作业呢。"

那家叫樱花的西餐厅坐落在首尔最有名的商业街上。金玄彬是这里的老板，他每天都会在傍晚的时候到店里弹钢琴，我时常可以在端送餐盘的时候望着他英俊而专注的侧脸。

为了这张侧脸，我放弃了很多，比如，当个出色的学生。我承认我是个不够聪明的女子，只能把精力专注在一件事情上面，金玄彬耗费了我太多的心力，令我无暇顾及其他。

我每天都在想着他。

只想着他。

二

“这是我新调的酒，请您品尝。”我把一杯颜色鲜艳的水果酒放在金玄彬桌上，他淡淡地看着我，轻轻地点头。

“这杯酒的名字叫初恋，里面有柠檬的酸，和草莓的甜，以及薄荷淡淡的清香，我打算用它做下个月的主打酒。”我恭敬地站着，脊背有些僵硬。

他抿了一口，摇了摇头，说：“这种幼稚的东西，客人不会喜欢的。你如果做不了调酒师的话，还是回去做服务员吧。”金玄彬依旧面无表情，声音里隐隐地有些戏谑。他的英俊与李俊宏的帅气不同，是那种冷漠阴柔的美，凝着眸子的样子总是让我莫名地眼眶酸楚。

他起身离开，我呆呆地站在原地，不去理会身边各种嘲讽的目光。就在金玄彬经过我身边的时候，我直直地看着地面，说：“明知道我喜欢你，你还这样子对我。”

他怔了怔，低下头看我，说：“柳熙恩，你怎么可以对你姐姐喜欢的人说这种话呢？何况你也明知道我喜欢的人是熙珍。昨天我还见过她，她让我好好照顾你。这也是你能在这里留到今天的原因。”他的声音依旧淡淡的，却有种震慑性的威严。

我的眼泪夺眶而出，朝他的背影大喊：“金玄彬，我讨厌你，我永远讨厌你。我的男朋友又帅又有钱，又懂得温柔体贴，他比你好一万倍！不，你根本没有办法跟他比！”

餐厅快打烊了，可是仍然有少数人在逗留，整个餐厅里的人都在看我，幸灾乐祸地旁观这一场因爱成恨的闹剧。

金玄彬回头对我笑，薄唇微微挑起，他说："是么？"

我瞪着他，眼泪像泉水一样无声地汹涌而出。

这时候，餐厅的玻璃门忽然被推开，一个走路带风的男孩子闯进来，随便抓住一个人问："喂，是不是有个叫柳熙恩的汉大女生在这里打工？"被他抓住的服务生颤抖地指了指这边。

他一侧头，看到我，脸上露出孩子一样清澈并且充满邪气的笑容，说："柳熙恩，我找你找得好辛苦。"

我如获大赦，跑过去挽住他的手臂，说："看到了吧，这就是我男朋友。"

金玄彬淡淡地笑，然后转身离去，什么话都没有说。

当他的背影消失在我视线里的时候，我终于忍不住把头埋在李俊宏怀里放声大哭，颤抖如凋零的樱花。李俊宏怔怔地站在原地，良久良久，他笨拙地轻拍我的背。

送我回家的时候他说："柳熙恩你知道吗，今晚我本来是来找你报仇的。可是不知道为什么，现在我只希望我可以保护你，再也不让你受到任何伤害。"

三

韩千雅撇着嘴说："熙恩你真厉害，竟然能让驰骋情场的李俊宏对你如此执着。"她指了指窗外，落地窗的玻璃映出李俊宏颀长的影子，他呆呆地站在那里，看到我，略带羞涩地笑。

我发短信给他，说："为什么站在外面？"

他回复，说："你一直躲着我，若非站在这里，我连你的侧脸都看不到。"

我叹了口气，放下写了一半的论文走出去，院子里的樱花灿烂地盛放，随风飘落的花瓣雪花一样落在他的肩膀上。

我看着他的眼睛，说："对不起。我……"

没等我说话，他忽然拉着我的手跑开，一直跑一直跑，让我忽然有种沦落天涯的感觉。我甩开他的手，气喘吁吁地说："你要带我去哪里？"

李俊宏并不回答，他转过身，一步一步将我逼到角落，左手撑住我身后的墙，英俊的脸逐渐逼近，好看的薄唇近在咫尺。

我心跳加速，脸上的红晕蒿草一样疯长。

我踮起脚尖，虔诚地仰着脸，将嫣红稚嫩的唇迎上去。

猝不及防地，殷红的血丝弥漫在他的嘴角。

我咬破了他的嘴唇。

我舔了舔嘴唇，说："不要再缠着我，我说过我不喜欢你。"

李俊宏忽然自后抱住我，他的下巴抵住我的头，他用从未有过的温柔声音，说："熙恩，我知道你喜欢那天那个男人。可是我要怎么让你知道，是你让我第一次有这种感觉。想保护你一辈子，想永远留你在身边，即使你爱着别人，即使我并不是你的第一选择……我也讨厌现在的自己。可是，我真的无能为力。"

他的声音有些沙哑，我的心一下子软下来。

他现在的心情我懂。我又何尝不是如此？

金玄彬深爱着我的姐姐。

对他来说，我连给姐姐当替身的资格都没有。我只是一个单恋他的小丫头，一个不合格的调酒师，或者一个笨手笨脚的服务员。

我想起金玄彬白皙英俊的脸，忽然就绝望起来。

四

柳熙珍是我的孪生姐姐。

小时候姐姐曾经问过我："熙恩，你喜欢什么样子的男生？"

我说："他喜欢我比我喜欢他多的人。"

她摇摇头，说："那多没意思，我就不是。我喜欢完美的白马王子，十个女生有十一个会沦陷的那种，有挑战性，有成就感。"

年幼的她煞有介事地眯起眼睛，像一只充满幻想的猫。

后来想来，我的优点在于有自知之明，姐姐的优点在于有梦想有追求。

爱情果然是一个人的事情。

谁能想到，这样的我们，居然会爱上同一个人。

我开始跟李俊宏走得很近。其实他很聪明，他帮我写论文，帮我做笔记，帮我要来教授的电话号码。被他捧在手心里，我第一次有被人疼爱的感觉。

一直以来，因为没有谁的宠爱，我只好自己坚强起来，努力做好每一件事情，努力筹谋自己的将来，我知道没有人会帮我，包括我唯一的姐姐。

我约金玄彬在“樱花”见。今天我没有穿工作服，我穿了粉红色的套装，配着白色的长靴，纯真得像个小公主。

金玄彬见了我，微微一怔，说：“再戴个紫框眼镜的话，你几乎跟你姐姐一模一样了。”

我笑，说：“我只是偶尔穿成这样了。我才不像姐姐那么喜欢粉红色，也不喜欢这种正式烦琐的衣服。”

金玄彬不置可否，说：“你找我出来有什么事？”

我说：“姐姐昨天打电话给我，让我替她跟你说，这个月她恐怕不能来见你了。”

他挑眉，说：“为什么？她出什么事了吗？生病了，还是……”

我打断他，说：“她没事，你不用担心，只是美国总公司的人去釜山视察，她需要留在那里加班。”

他似乎是放了心，又恢复往日冷漠平静的一张脸，轻轻点了点头。

我开始变得乖巧，说：“姐夫，能不能给我讲讲，你跟姐姐到底是怎么认识的？”

这声清脆甜腻的“姐夫”他想必很受用。金玄彬难得地对我露出笑容，他说：“九岁那年我跟家里人去济州岛度假，有一个傍晚，我在樱花树下遇见一个女孩，她对我微笑，笑容绚烂如樱花。后来我才知道她就住在我隔壁，她喜欢粉色，喜欢樱花，喜欢在临睡前听钢琴曲。为了她，我特意跑去学钢琴，我希望我可以永远陪伴这个女孩，永远可以看见她灿烂的笑容……”

他有片刻的失神，随即恢复平常的样子，他说：“可能今天我的话太多了。谢谢你告诉我熙珍的事，再见。”他起身欲走。

我叫住他，说：“三年了，姐姐为了工作一直与你分隔两地，每个月只能见一次面，你不觉得这样的恋爱太累了吗？”

他直直地看我，眼睛里隐隐带着探究，他说：“熙恩，我知道你对我的心意。可是抱歉，就算不能每天见到她，我的心里也只有她一个人。”

我低头，勉强地笑，说：“我懂了。对不起，最近有个很重要的考试，我是来辞职的。”

金玄彬说：“好。”那一瞬间，我在他的眼睛里看到了释然。

我知道我放不下他，却也知道对他来说我不过是个负担。

与其这样无止境地彼此折磨，不如给爱我的人一个美好结局。

至少，我们四个人中间，有一个可以得到幸福。

五

午夜，樱花餐厅里只有我们两个人。

金玄彬坐在我对面，他握着我的手，说：“熙珍，这么久没见，我真的很想你。什么时候我们才可以永远在一起，再也不要分开？”

他的眼睛澄澈得像个孩子，也许只有与柳熙珍在一起他才会露出这样的表情。

我把双手覆在他的掌心，什么话也没有说。

毕竟言多必失。

电话铃声忽然突兀地响起，我接起，竟然是李俊宏。他说："熙恩，你在哪里？"

金玄彬就坐在我面前，我不知道该如何回答，只好敷衍说："我在家，手机没电了，晚点我再打给你。"我关掉电话，把电池拆下来。

金玄彬细心地说："你电话没电了吗？用我的吧。"我苦笑，摆了摆手。

就在这时，李俊宏忽然冲进来，拽着我的手腕，说："熙恩，你为什么会跟他在一起？若不是心里有鬼，你为什么骗我说你在家？"

我僵在原地，这种情景实在是我始料未及的。

金玄彬将我护在身后，说："你误会了，她不是熙恩。她是熙恩的孪生姐姐，柳熙珍。"

李俊宏气急败坏，一拳挥过去，说："她明明就是熙恩，不然我打她手机怎么会是她接！韩千雅告诉我熙恩的姐姐三年前就死了，你以为我会相信你吗？"

金玄彬的嘴角流了血，红艳艳地流淌下来，有些狼狈仓皇，他回头看我，看我妆容精致的脸上露出惊慌失措的表情。

他一向是个聪明的人，可是爱情总是盲目的。所以我才有机会替姐姐演这场戏。

一场我心甘情愿却始终求之不得的戏。

六

柳熙珍是我的姐姐，她曾经在樱花树下遇见了一个王子。

他是她今生最后的幸福，她却无法与他天长地久。

五年前，她患了一种罕见的血液病，去英国疗养。她一直瞒着金玄彬，以为自己的病迟早可以治好。

后来，当她发现自己已经时日无多的时候，她把我叫到英国，把她与金玄彬之间的事情反复地讲给我听，并且让我模仿她的神态表情。她说："熙恩，世上我只有你一个亲人，可是金玄彬是我最爱的人。委屈你了，你一定要帮我。"

我像个心虚的贼，极力不让自己产生某种快乐的想法。我心底有多么渴望替代姐姐站在他身边，连我自己都不清楚。

我只知道在我第一次见到金玄彬的时候，就已经被他凝眸的样子折服。我每个月都替姐姐见他，那一个照面总是耗尽我一个月来所有的心力。我小心翼翼，诚惶诚恐，生怕自己演技不好，被他识穿，抑或是太过入戏，无法自拔。

姐姐将这个幸福留给我，满心欢喜，以为我可以替她延续这个童话。

她不知道，这，却是我痛苦的开始。

七

金玄彬依然是"樱花"西餐厅的老板，只是我再也没有去过那条街。

那天之后，他再也不肯见我。

他只知他爱上的是我姐姐。

却不知道，那年的济州岛，第一次在樱花树下对他微笑的小女孩，其实，是我。

谁给了我一季的忧伤

始终记得他第一次对我皱眉的样子，隐隐地带着探究。

他用流利的普通话，一字一顿地说："我们才见第二次面而已，你怎么可以说你恨我？"

我嗔怒着看他，不肯开口。

原来我一生最初的爱恋，开始于学会任性的那个夜晚。

那是二十年来我第一次，为了一个男子，心怀忐忑，面带潮红，锦衣夜行。

一

我叫莫夕烟。

李在宏是我的房客。第一次见面的时候，他很虔诚地望着我说："请问，夕烟是什么意思？是指黄昏时的雾气吗？"

我笑，花枝乱颤。

我从未想过妈妈会把这座装修华丽的房子租给一个韩国人。并且，是这样英俊的一个韩国人。出于对韩剧的热爱，我对他兴趣浓厚，扯着他的袖子问东问西，从朝鲜问题聊到 KBS 的明星。

他是中文发烧友，大我四岁，家境殷实，千里迢迢来到 N 大学汉语，已经通过 HSK 八级考试。我的房子坐落在 N 大学家属区里，我们的缘分就此开始。妈妈要去国外工作两年，于是把这房子交给我打理。

这栋房子我住过七年，去年家里在靠海的小区买了别墅，这里变成我零花钱的来源。

走进他房间的时候，我莫名地恍惚。他睡在我曾用过的床上，看我曾经看过的风景，走我曾经每天都必经的路，我觉得这很神奇。

所以我拿了房租后并没有急着离开，而是指着客厅里的冰箱，说："这个好像坏掉了，身为房东，我应该帮你修的。"

他走过去围着冰箱看了半天，说："奇怪，怎么忽然就坏掉了。昨天还好用呢。那么，麻烦你了。"

于是，我得到第二次见他的机会。

语文老师所说的做铺垫，埋伏笔，大概就是这个意思吧。

临走的时候，我回答他的问题。说："夕烟，是夕阳的烟火。"

他恍然。"这名字很美！"他说。

其实当时我只是随口解释的。夕烟，相信父母取这个名字给我只是兴致使然，而并非取意于夕阳的烟火。

当时的我并没有想到，夕阳和烟火都只有转瞬即逝的绚丽，并不是个吉利的名字。

也许是被他给的惊喜冲昏了头，我以为日后的幸福，必会顺理成章。

二

我在L大读经济学，与他所在的N大一南一北。为了帮他修冰箱，我翘了一周的课。

我用一整天的时间看《瑞丽》，然后照着里面的指点去逛街买衣服。我学着用粉底和眼线笔，涂了洗，洗了涂，练习两天才掌握技巧。直到，擦了睫毛膏的睫毛，会在灯光下映出纤长的影子。

施华洛士奇的水晶耳环，摇曳出华丽的光晕。我穿着ONLY的小礼服和SATURDAY的细跟长靴，站在穿衣镜前，满意地笑。

这是二十年来我第一次，为了一个男子，心怀忐忑，面带潮红，锦衣夜行。

我去他家的时候已是夜晚，坐在出租车上观望华灯初上的城市，夜风袭来，微醺如醉。

我想象他见我时的表情，微笑，抑或是愕然。

可是我漏掉了铩羽而归的这个结局。

很多事情，即使单方面跃跃欲试，准备周全，也要对方配合才行。

我在他家等了很久，他始终没有回来。我发短信给他，说："我帮你修好冰箱了，你什么时候回来？"

他回复说："我晚上不回去了，你先走吧。"

我的心跌至谷底。不甘心，又说："天黑，我不敢独自下楼，你可不可以回来送我回家？"

我开始惶恐，在屋子里走来走去，惴惴不安地等待他的回复，高跟鞋将地板踏得咚咚响。

良久，等来寥寥几个字，他说："对不起了。"

我看着镜中的自己，几乎要将手机摔到地上。忽然想起韩国恐怖片《红鞋》中的情景，映衬着荒凉的黑夜，心就瑟缩起来。我一向不是个勇敢的人，他给的孤单，让我更加懦弱胆小。

我是真的怕黑，不敢独自下楼。

我恨恨地回家，卸了妆，把衣服扔了一地，心想我再也不要理他。想着想着，眼泪就流下来。

这时候，电话响起，是卓航打来的，他说：“夕烟，我醉了，你可不可以来见我？”

我不想跟他说话，懒懒地回答：“说自己醉了的人多半没醉，上次你身边的小女生呢？你去见她啊。”我挂断电话，忽然就不哭了。

卓航曾经是我男朋友，高中三年，他追了我两年，大学的时候终于修成正果。跟他在一起我很随意，把酒言欢，不拘小节，与他寝室的哥们儿打成一片。

不久，他移情别恋。对方是中文系系花，熨帖的长发配白色长裙，安静美好的女子。分手的时候，卓航说：“莫夕烟你不爱我。但这并不是你的错。你只是，根本不懂得爱。”

我觉得卓航这人真混蛋。明明是他对不起我在先，却反过来挑我的不是。

从此，我开始在校园里躲瘟神一样躲他。校园王子卓航抛弃灰姑娘莫夕烟的故事传遍了L大的每一个角落。其实我内心深处并不那么哀伤，我只是讨厌别人看我时那种悲悯的眼神。

可是现在，我忽然觉得我没有资格去责怪卓航喜新厌旧、见异思迁。

倘若我真的爱他，又怎么会在跟他分手不到一个月的时候为了另一个男子对镜梳妆，锦衣夜行。

我忽然就原谅他了。

也许他说得对，与他在一起的时候，我还没有学会爱情。

我想李在宏他永远不会知道，其实那个冰箱根本没坏，所以我才可以赤手空拳单枪匹马地将它修好。

那天，我为了寻找再见他一面的借口，偷偷按下了让冰箱进入休眠状态的开关。

三

第二天清晨，我收到李在宏的短信，他说："早上好。晚上有空吗？我把修冰箱的钱付给你。"

睡眼惺忪的我，忽然有种绝处逢生的感觉。然，他这样软语呢喃，反倒让我的委屈汹涌而至。

我把短信几乎打满 70 个字，说："我恨死你了，你昨天不管我，让我一个人下楼一个人回家，你今天最好把下半年房租一起给我，以后就再也不必见面了。"

我的短信铃声是 RAIN 的《躲避太阳的方法》，这首歌从来没有让我等得这样焦急。良久良久，他说："昨天你没跟我定时间，所以我根本不知道你会来。你不要误会好吗？"

我把手机捧在胸前，心中霎时春暖花开。他中文学得真的很好，女孩子的娇嗔，他竟然透过短信看得明白。一句你不要误会，分明带着某种暧昧的成分。

我见好就收。说："我今晚去你家等你。我喜欢写小说，如果你讲故事给我听，我就不生气了。"

他说："好。我有很多故事，晚上在家等我。"

我对爱情的概念一度生疏，可是现在终于有所领悟。爱情就是对方随口一句话，一个短信，都可以让你神魂颠倒如坠云端。单恋的苦涩取代了曾经的不谙世事，我有种一夜长大的感觉。

他让我等他。

这个"等"字，让我幸福。

我依旧精心打扮，与昨天一样光彩。僵硬地坐在桌前等他，手上的《西厢记》还停留在一小时前的那一页。此刻，我全部身心都用来倾听走廊里的脚步声。

终于，我听见钥匙碰撞的声音。心中紧张的喜悦，铺天盖地。

他对我笑，笑容粲然，夹带着细微的戏谑。他说："夕烟，你好。"

我说："我不好。你昨天丢我在这里不管，我一晚上都在做噩梦。"

他一怔，剑眉一挑，说："我真的很难理解你的想法。昨天我们没有约时间，你不告诉我就跑到我家来，我有我的事情当然不能回来。我不觉得我哪里做错了。"

我把《西厢记》重重地砸到桌上，说："那你就是说我错了？"

他沉默，对我皱眉，隐隐地带着探究。然后用流利的普通话，一字一顿地说："我记得你在短信里说你恨死我了。我不知道是不是所有中国女孩都像你这样，我们才见第二次面而已，你怎么可以说你恨我？”

我嗔怒地看他，不肯开口。直直地看了他很久，看到眼睛发酸，然后站起来拿起背包就往外走。

他追出来，抓住我的手腕，说：“好了，算我错了，行吗？”

我像个被大人训斥的孩子，忽然听到温存的话语，眼泪潮水一样地涌出来，我咬牙切齿说：“我就是恨你。”

他把我拉到房间里坐好，伸手替我擦干眼角的泪，说：“我也交过几个中国女朋友，可是没有一个像你这样任性。”

原来我一生最初的爱恋，开始于学会任性的那个夜晚。

我不肯答话。

他继续说：“如果我们是男女朋友，我昨晚一定会赶回来。可是你只是个小妹妹，你不应该这样要求我。”

我仍然沉默，眼泪铺天盖地。

他叹气，说：“好了，我讲故事给你听。”

他给我讲他的初恋。讲他在春游时爱上了朋友的妹妹，那是个樱花绚烂的春天，她站在树下，明媚得像盛开的樱花树。

他跟她在一起的第三天，他去当兵。韩国男子服兵役的时候，很多人会因为承受不了巨大的压力而自杀。

他每天都在想她。

第一次放假的时候他回来，站在女孩家楼下等她。

然后他们接吻。

我听得津津有味，脱口而出地说：“真羡慕你们，我长这么大都没接过吻呢。”

这样想想，我跟卓航，也算不上是标准意义上的恋爱吧。

李在宏笑着看我，说：“我女朋友第一次接吻的时候才十七岁，而你已经二十岁了。”

我局促地笑，脸上的红晕蒿草一样疯长。

四

那个晚上我们聊到很晚。

分开后我开始想他，每天晚上开始用大片大片的时间等待他的短信，可是却始终落空。

再次见到他，却是在卓航的生日会上。

那天卓航请了我所有室友，还有许多高中同学。我若不去，倒显得我放不下了。

KTV 里，卓航喝得酩酊大醉，他说：“夕烟，我很想你。”

我握着麦克风一直唱歌，不肯理他。

他抢过话筒，大声说：“莫夕烟，我喜欢你，你知不知道！”

所有人都回过头来看我，以一种成分复杂的目光。我说：“卓航你醉了，我去帮你结账。”

我夺门而出。

片刻，他的中文系系花女朋友追出来，对我说：“我从小跟卓航一起长大，他一直把我当妹妹。他很爱你，爱到不知该如何才能得到你的回应。我于是让他假装跟我在一起，我告诉他，这样你才会珍惜他。对不起，我骗了你，也骗了他。更骗了我自己。我再怎么爱他，都比不上你离去的背影。”

我愕然。心生愧疚。想起卓航曾经对我的包容和宠爱，心就隐隐地疼起来。

我搀着酒醉的他从KTV里走出来，他把下巴抵在我头上，反复重复着一句话，说："莫夕烟，你知不知道我有多喜欢你。"

我心疼他，于是任他抱着。我说："卓航你怎么这么幼稚，既然喜欢我，为什么还要跟我分手。"然后我蓦地一抬头，看见李在宏。

他与一群朋友往里走，与我擦肩而过的瞬间，我感受到他眼角的冷。

我的指尖霎时冰凉。

五

我去李在宏家找他，想向他解释卓航的事情。

长夜未央，我想给他一个惊喜，于是没有敲门，蹑手蹑脚地用钥匙开门进去。

他房间的门没有关，放肆地传出男女欢愉的声音，我愣在原地，手中的钥匙应声落地。

李在宏穿着睡衣从房间里走出来，看见我，懒懒地说："你怎么可以不敲门就闯进来。"

“你怎么可以这样对我?”我哽咽。

“那我应该怎样对你？我有很多女朋友，我原本就不是你应该喜欢的人。你只是我的房东，你没权利来干涉我的生活，就像我无权干涉你交男朋友一样。”他淡淡地说。

我转身，没命地跑。

他怎么可以这样对我?

深夜寂寥，我呜咽着，一只受伤的小兽。

六

夏天就快到了。那年的春天特别长。

我坐在医院的走廊上，心中平静异常。

卓航一路忍着怒气，终于低沉着声音，说:“这到底是谁的孩子?”

我摇头，虚弱地对他笑，笑容苍白得像凋谢的百合花。

不过是一个季节的时间，却恍若隔世，诸多人事几番新。兜兜转转，才发现身边可以依靠的只有卓航。

微风掠过我单薄的衬衣，我扬手掠了掠头发。忽然觉得自己老了。

角落里的回忆，衍生出寂寞的光影。

李在宏打过很多次电话给我，我看着他的号码不肯接。

他换别的电话打给我，一听到他的声音我就飞快挂断。

我想他也许永远无法理解我为何会如此爱他。他大我四岁，千帆过尽，已经再不是把爱情当回事的小男生，而我亦明知我们不会有结局。

如果非要找出一个爱上他的理由，要追溯到这个春天刚刚开始的时候。

他让我第一次领略爱情的味道。

那个夜晚，我在街上遇见卓航，他牵着那个女孩子的手，在我面前恬淡地笑。我礼貌地打招呼，转过身，眼泪却流下来。

感情何等脆弱。三年前曾在我家楼下等我一夜的男子，现在已经可以牵着别人的手坦然地站在我面前。我回到曾经住的房子楼下，在他以前等我的路灯下面反复徘徊。

我上楼，李在宏不在家。那时我还不知道这房子现在住着什么人。

我穿着细高跟鞋走进他的房间，黑暗中被什么一绊，直直跌进他床里。躺在他躺过的位置上，我嗅到他枕头上有一种很特别的馨香，清淡，长驱直入，莫名地让我联想起罂粟花。

他枕头上的味道让我心悸。

在这种未曾体会过的味道面前，我第一次看见爱情的影像。

这是属于一个男子的味道吧，清淡，暗香，一如爱情。我心里这样想，黑暗中，脸就像火烧一样灼热起来。

所以后来，当我见到这种味道的主人竟是这样英俊时，我那样的惊喜，惊喜到那么轻易就爱上他。

七

房产中介打电话给我，说李在宏搬走了，两个月前他回韩国，找不到我，只好把电话打到中介那里。

我回到那所承载我一季回忆的房间。那里空空的，寥落而仓皇。桌上放着一封信和厚厚的一叠钱，是他给我的房租。

他用拙劣的汉字写着："莫夕烟，当我发现我再也找不到你了的时候，我才知道我已经爱上你。"

我抚摩着白色的木门，回想起我们第二次见面的那个夜晚。

"真羡慕你们，我长这么大都没接过吻呢。"我说。

他笑，说："我女朋友第一次接吻的时候才十七岁，而你已经二十岁了。"

我局促地笑，脸上的红晕蒿草一样疯长。

他走过来，手臂撑在我身后的木门上，捧起我的脸，细细地吻。

我的吻。

我的初吻。

我不恨他。

我只是很遗憾，我没能等到他说爱我的那一天。

而曾经所有的幸福无忧，快乐韶华，忽然就在那个春天的夜晚离我远去。

那一晚，我从李在宏家跑出来，跑了很久才发现四下无人，恍惚中已经不知道跑到了哪里。他没有来追我。

我开始恐惧。听说这条路上经常有事发生。

黑暗中一个人影朝我逼近。

他捂了我的口。所有的哀求挣扎都于事无补。

所以我始终无法告诉卓航我肚子里的孩子的由来。

夕烟。夕阳的烟火。只得瞬间的美好。

爱恨痴缠，花好月圆，到头来，只是清风孤影，冷月空庭。

虽然已经不再有资格。

可是，我，依然爱他。

八

一年的时间，足够让所有的记忆尘埃落定。

我在家看电视，偶尔看到经济频道的人物节目，被采访的是韩国KG汽车的继承人，说一口流利的汉语，英俊如昔，只是有种淡淡的沧桑。

当他被问到对中国的感觉时，他说："一年前，我与父亲意见不合，离家出走，在一座北方城市里认识了一个女孩。我想我是真的喜欢她，所以至今都无法放弃。我会回去找她的，希望现在的她可以原谅我。"

我笑，眼泪却流下来，像盛夏里的太阳雨。

一个月以后，房产中介打来电话，说有人想买我家的房子。

我沉吟，说："容我考虑几天。"

一年时光，即使那里不再残留他的味道，我依然不忍割舍回忆。

当我终于下定决心断绝对他所有念想的时候，房产中介却告诉我说，要买那栋房子的人出事了。

是个韩国人，就是以前租住过这个房子的李先生啊……他出了车祸，已经不治。

那个瞬间，心底有撕裂的痛楚翻腾，我听见天地塌陷的声音。

九

我搬到他住过的房间里，追忆曾经的点滴。他给的回忆太少，缥缈如雾。

又是一个冗长的春天。芬芳的空气绽放出隔世的伤。

卓航打来电话，说："夕烟，如果他是真的爱你，就不会计较你的遭遇。你既然这么爱他，那时为什么不去找他？"

我淡淡地笑："现在说这些，又有什么用呢？"

我愿意付出所有，换取一个再见他的机会。

这时，门铃突兀地响。我跑去开门，手中的电话应声落地。

李在宏如此接近地站在我面前，我无法判断眼前的人是不是一场幻觉。

他紧紧抱我，说："夕烟，对不起，我骗了你。夕烟，对不起，当你最需要我的时候我没有陪在你身边。夕烟，请你相信，这一生，我不会再让你受到任何伤害。”

地上的话筒里隐隐传出卓航的声音，他说：“夕烟，对不起，是我让他骗你的。可是若非这样，你又怎会真实地面对自己。夕烟，看你得到幸福，就是我爱你的方式。”

如果你愿意一层一层剥开我的心

我伏在李俊夕肩膀上哭泣，哀哀地说："为什么她只要一伸手，就可以得到所有幸福。我只是想追逐我的爱情，这又有什么错？"

他终究只是叹气，什么话也没有说。

很久之后我终于明白，我的错，在于不够心甘情愿。

倘若不能在单方面的守候中获得快乐，就不该费尽心机去爱一个注定不属于自己的人。

一

这家叫"飘"的糕点店里弥漫着沁人的甜香，我坐在靠窗的位置上，咬着吸管到处张望。川流不息的钟路上人来人往，每个颀长单薄的背影都让我想起李俊夕离我而去的样子。

"请问，长汉坪商店街应该怎么走？"一个背着巨大旅行包的男孩子问我，他手里拿着相机和地图，应该是来首尔旅行的。

"走到钟路西侧，坐 203 号车就可以了。"我耐心回答。

他径自在我旁边的位置坐下，说："你是国立艺大的学生？"

我诧异地点头，然后顺着他的目光，看见挂在我胸前的学生徽章。

他笑，露出两颗可爱的小虎牙，站起来恭敬地伸出右手，说："我叫郑宇成，是国立韩国艺术综合大学映像院一年级新生。学姐，你好。"

我把手放到他温暖的手心，淡淡地说："我叫尹京真。导演系，二年级。”

“你的手好凉！”他忽然惊呼，说着将我如冰的手指握紧。

我的脸一红，轻轻抽出右手，说：“你刚来首尔，我陪你逛逛好了。”

我指向玻璃窗外，说：“这里是钟路，连接光化门至东大门的中心街道。朝鲜太祖在此建了钟阁，每天早晚报时，使这条街得名钟路。现在是首尔最著名的繁华商业区。也是我们大学的旧址。”

他小鸡啄米一样点头，说：“学姐你对首尔还真是了解。从小在这里长大的吗？”

我摇摇头，说：“你是要去长汉坪古董商店街吗？我带你去。”我起身走向门口，钟路上弥漫着初夏特有的暧昧味道。

没有告诉他，我并不是从小在首尔的孩子。我对这座城市的了解，完全缘于对一个男子的痴迷。

一个人，一座城。

那天我们去了很多地方，包括闻名韩国观光特区的阿岘洞大街。那条街两旁聚集着一百多家婚纱店，每家都推出自己设计的多款美丽婚纱和饰品，不仅吸引着即将步入结婚礼堂的韩国新郎新娘常常光顾，也吸引了很多来自中国、日本和东南亚国家的男女恋人。

郑宇成打了个口哨，说：“这么漂亮的婚纱，穿在你身上，一定美得像梦一样。”他忽然把头凑过来，嬉皮笑脸地说，“学姐，你有喜欢的人吗？”

我直直地望着玻璃橱里洁白得好似仙女羽衣一般的婚纱，想起李俊夕白皙俊美的脸，眼睛就涌出一层雾，模糊了只属于别人的良辰美景。

他怔住良久，伸手来擦我的泪，说：“你喜欢的人真幸福。如果有一个女孩一想到我就会流泪，我一定永远守在她身边，再也不让她为别人哭。”

“给你讲讲我喜欢的人吧。”我擦干眼泪，笑着看他。

太久没有说出这个名字了。李俊夕，李俊夕，李俊夕……好像单是这样叫着他的名字，就可以让我莫名地快乐许多。

二

第一次见到李俊夕，是在韩佳权学长的生日会上。韩佳权是国立艺大导演系的骄傲，出身名门，衣食无忧，真正的艺术家。他很欣赏我，不断介绍圈子里的前辈给我认识。

觥筹交错的宴会上，透过影影绰绰的华丽人群，我的目光无意间落在他身上，从此再也无法离开。

他穿黑色的礼服，十字型的耳钉映着灯光，摇曳出寒星一样的光彩，皮肤白皙，鼻梁直挺，眉眼细长。

他走过来说：“小姐，跳支舞吧。”

我点头，把手放在他掌心，亦是交出了今生所有的幸福。始终记得在他怀里旋转时那种微醺如醉的眩晕，仿佛听见花朵盛放的声音。

一支舞毕，我看见舞池旁边对他怒目而视的女子。她穿着香奈儿最新的小礼服，满脸责怪的嗔怒。我认得她，韩佳权学长的妹妹，表演系的系花。不难看出她与李俊夕的关系，不过是因为她陪别人跳了支舞，他便负气走向别的女子。我只觉心中刚刚温热的东西，瞬间寒凉。

舞会散场之后，我轻易打听到他的底细。李俊夕，首尔名媛韩佳苑的男朋友，与她一样出身名门，可以随心所欲地去做任何自己喜欢的事情。目前的职业是香薰师。

我开始每天去上他的香薰课，他穿黑色西装白衬衫，打粉色领带，笑眯眯地说："所谓香薰疗法，就是将植物精油经过'薰蒸''沐浴''按摩'等方法运用于日常生活中，借植物的荷尔蒙经由呼吸系统进入脑下垂体，调节身体内分泌，可以使身心恢复协调，消除忧郁焦虑……这位同学，请问我长得很像权相宇吗？为什么一直盯着我的脸看？"

哄堂大笑。我低了头，脸上的红晕像蒿草一样疯长。

从那以后，我渐渐与他熟悉起来。与他华丽高傲的外表不同，李俊夕是个很随和的人，时常拉我去街边的排档喝烧酒，然后开着红色敞篷跑车送我回家。

那天他喝醉了，说："尹京真你是个很聪明的学生，不管以后做香薰师还是导演，都会做得很好。"

我一怔，随即甜甜地笑。原来他记得我是韩佳权的学妹，记得曾经与我跳过一支舞。

他把唇凑到我耳边，说："你笑的表情，真的很像彩琳。彩琳……是你回来了吗？我好想你。"

他醉了，倒在我身上沉沉睡去，嘴里不停叫着彩琳的名字。

彩琳，好熟悉的名字。

看到他叫这名字时疼痛的表情，我的心就莫名地纠结起来。

三

“学姐，然后呢？”郑宇成听得很认真，一边喝柠檬汁一边很虔诚地问。

“然后他酒醒之后就什么都不记得了。上个月他按照家里的意思跟韩佳苑订婚，所有的事情都结束了。”我轻描淡写地说。

郑宇成忽然一把抓住我的手，覆在他心脏的位置上，说：“你能感觉到么？我心变软了，它在疼，疼得快要化掉了。请不要在我面前露出这种绝望哀伤却又故作若无其事的表情。我会难过。比你难过。”

我怔了怔，随即轻轻抽出我的手，淡淡地说：“你怎么可以这样轻易就爱上一个人？我们才第一次见面而已。”

“那你呢？你不是也在第一次见到李俊夕的时候，就确定了他是你今生要找的人了么？”这个长着可爱虎牙的男孩子定定地看我，眼睛里闪着寒星一样的光。

我呆呆地看着他，忽然不知该如何回答。

“爱情是要争取的，给我一个机会好吗？”他重新握住我的手。

这一次，我没有立刻抽回我的手。

他的话打动了我。

爱情是要争取的。

那么，李俊夕，我是否该去争取我的爱情？

四

当我赶到香薰教室的时候，李俊夕已经下课了。他一边收拾教材一边抬头，看见我，有些诧异，说："好久没有见到你了。终于又肯来上香薰课了么？可惜，你来晚了。"

我笑，说："老师，给我免费补课吧。"

他露出干净柔软的笑容，说："怎么？又想让我请你喝烧酒吗？"他过来揽着我的肩膀往外走，很自然地，像是对待相识多年的朋友。走到了车边他忽然止了笑，说："上次我喝醉的时候，没对你说什么奇怪的话吧？"

"你说我比李孝利还漂亮，不知道这算不算奇怪的话。"我故作严肃地说。

李俊夕怔了怔，随即伸手揉乱我的头发，说："好啊，你耍我。"

"彩琳是谁？你喜欢的人吗？"我猝不及防地问。

这一次他怔住很久，忽然冷冷推开我，说："你管太多了吧。"

我被他一推，胸口忽然一阵抽搐，挣扎着想要站稳，却不由自主地倒下去。隐约看见他扶住我，很紧张地叫着我的名字，我失去了知觉。

五

我睁开眼睛，正对上郑宇成关切的眼。他说："学姐你怎么了，怎么忽然就住院了？"

“我从小就有心脏病，后来做了换心手术。现在我胸腔里的心脏，原本属于另一个女孩子。”我的声音很虚弱，最近我的心总是很疼，莫名地，好像再经不起任何负荷。

李俊夕走进来，他的眼神明显变了样，再不是以前看我时那种纯粹与轻松。他走过来说：“京真你好些了么？对不起，你昏迷的时候我好担心。”他走过来握我的手，动作自然。

我抬头，看见他身后的韩佳苑。我虚弱地说：“谢谢你来看我。”

她微微颔首，面无表情，没有回答。

郑宇成站起来，朝她礼貌地伸出右手，说：“你好，我叫郑宇成。”

韩佳苑轻扬嘴角，微笑着说：“很高兴见到你。”

出院以后，李俊夕开始对我很好，他时常打电话给我，问我的心脏怎么样了，问我导演的短片有没有获奖，问我开不开心，问我想不想去路边喝烧酒。

我很配合。跟他谈电影，谈理想，谈香薰，唯独不谈爱情。他不肯给我承诺，我也不主动索取。

时常在学校里与郑宇成狭路相逢，他说学姐，看得出来你现在很快乐。如果这是你想要的，我不会去打扰你。

艺大并不是一片很大的地方，我小心翼翼，尽量避开任何与韩佳苑相见的机会。毕竟我是心虚的，他们已经在一起，第三者是我。可是我始终相信，爱情，无法分出先后。

六月末文化祭演员甄选的时候，我避无可避地，还是碰见韩佳苑。她把我拉到无人的角落，指着我的鼻子说：“尹京真你是傻瓜吗？你以为俊夕对你好是因为喜欢你吗？他爱的不是你，从来不是，他只是爱着这颗不属于你的心脏。这颗心原本是彩琳的，她出车祸后就移到你身上。而你，只不过是郑彩琳的替身……”

“是又怎么样？”我打断她。“只要我的双眼可以看见他的侧脸，只要我的耳朵可以听见他的声音，只要我一伸手就可以碰触到他，对我来说，已经足够。”

韩佳苑怔怔地看着我，嘴唇徒劳地开合，终究什么话也没有说。

我转身离开，蓦地抬头，看见李俊夕疼痛的眼神，他定定地看我，细长的眉紧紧蹙在一起。

我的心又疼了，我捂着胸口，险些跌倒。李俊夕赶忙过来扶住我，我冰冷的手指触到他温暖的手掌，从此再也不想放开。

那天晚上李俊夕帮我用薄荷香薰布置房间，他说这样对我虚弱的心脏有好处。这是他第一次来我家，当时的我，并不知道这也会是最后一次。

当他将满屋的蜡烛点燃，房间里只剩点点烛光的时候，我忽然自后抱住他，轻声地说：“我喜欢你。”

很长一段时间，他和我就这样站着，隔壁房间在放经典名曲《月亮河》，熟悉的旋律轻柔地流淌，我这样抱着他，以为这就是我的一生一世。

他终于轻轻拿开我的手，说：“这颗心的确是彩琳捐给你的。此时此刻，我真的分不清自己究竟为什么想对你好，是因为这颗心，还是因为你。我只知道，我不能让这样一个深爱我的女孩去做另一个人的替身。何况佳苑也是无辜的，我既然已经按照家里的意思与她订婚，就应该对她负责。”

我笑，笑容苍白软弱。这些都是借口。他不够爱我。

我伏在李俊夕肩膀上哭泣，哀哀地说：“为什么她只要一伸手，就可以得到所有的幸福。我只是想追逐我的爱情，这又有什么错？”

他只是叹气，什么话也没有说。

六

坐在那家叫“飘”的糕点店里，我咬着吸管，茫然地望着窗外。

郑宇成坐到我身边，说：“学姐，还记得吗？这是我们第一次相遇的地方呢。”

我仍然定定地望着窗外，轻描淡写地说：“李俊夕已经回到韩佳苑身边了。你又何必再来找我，说这些没有意义的话。”

他愣住，良久没有说话。

我微笑着对他说：“在医院的时候，我发现你跟韩佳苑并非第一次见面。之后的事情不难查，也不难猜。你与她从小青梅竹马，从小就喜欢她，愿意帮她排忧解难，应了她的命来追我，却终究没能功成身退。”

他原本深邃乌黑的眼睛瞪得大大的，良久良久，他说：“原来你早就知道。”

我继续望向窗外，淡淡地说：“别忘了我是学导演的。所以我说，只要她一挥手就可以得到所有幸福。其实你是个不错的男孩子，如果没有遇见俊夕，我应该会喜欢你的。可惜，你们都属于另一个女子。”

糕点店里音乐流转，仍是那首柔软美好的《月亮河》。

郑宇成叹气，说："从小我就喜欢佳苑。她像个小公主，美丽而任性。而我，始终心甘情愿地做她的骑士，只要她开心，无论什么我都会替她做到。我以为，这一生我都无法再爱上别的女孩。直到，遇见你。我不想说我真的爱上你了那种话，因为我知道你不会原谅我。所以我只能对你说，对不起。请你记得，你是个值得任何人珍爱的女孩，只是李俊夕和我都错过了。"

他起身离去，背影仓皇。

七

郑宇成走了之后，我仍然微笑着望着窗外，望着望着，眼泪就流下来。

他始终看不清我。

没有人知道，其实我根本没有心脏病，亦没做过任何心脏手术。

郑彩琳的心脏不在我这里。

我伪造一切，无非是想让俊夕因此留在我身边。然而事与愿违，他终究不够爱我。

记得我曾经问他，我只是想追逐我的爱情，这又有什么错？

很久之后我终于明白，我的错，在于不够心甘情愿。

倘若不能在单方面的守候中获得快乐，就不该费尽心机去爱一个注定不属于自己的人。

三色堇

林霆宇握着话筒唱:“浅灰色的纸里,夹了朵三色堇,你知道它的花语。”

听到他好听而磁性的声音,我忽然有点想哭。于是在众目睽睽之下把他从KTV里拖出去,说:“你知不知道三色堇为什么有三种颜色?”

林霆宇看着我满脸的泪水,一脸诧异,说:“晴岚,你怎么哭了?”

我沿着墙壁滑落,蜷缩在角落里,忽然泣不成声。

霆宇,我知道,你和陈迹,都不会原谅我了。

一 黄色三色堇:忧喜参半

林霆宇是锦绣一中的学生会主席兼高二3班的班长。与历来的学生会主席端庄成熟的形象不同,他总是笑嘻嘻地混迹在女生堆里,对谁都是阳光灿烂的样子,很多时候甚至热情过度。有时候我会在心里偷偷地犯嘀咕,让别人知道我们学校有他这样的学生会主席,会不会影响锦绣一中在外的形象呢?

可是事实最终证明,除了嬉皮笑脸之外,林霆宇几乎无懈可击。晚上听妈妈回来唠叨,才知道霆宇又在全国数学竞赛获奖了,还很低调地把奖状折成了纸飞机乱丢,弄得林阿姨哭笑不得。

我一个人走在放学路上,一如既往地低垂着脸,面目忧伤得像一片雨云。林霆宇忽然蹦蹦跳跳地出现在我面前,做了一个招财猫的姿势,见我不理不睬，撇撇嘴说："晴岚，你又要什么忧郁啊？脸怎么耷拉得跟苦瓜似的？"

我气苦，他还来火上浇油，抬头瞪了他一眼，一拳挥过去。霆宇动作娴熟地向左一闪，用胳膊轻轻格住我的手，很夸张地大叫："我挡！"

看到他这个样子，我不由扑哧一声笑出来，早先在班里受的气也就烟消云散了。霆宇见我笑了，如释重负，走过来像哥们一样搭着我的肩膀往家走，说："说吧，谁又欺负你了？那群高一的小屁孩，不知道你是我罩着的吗？"

我叹气，说："还不是那个林子菲，你说我怎么这么倒霉被老师抓到文艺部去啊？她跟我同年级却已经当上部长，整天对我呼呼喝喝的，累得我都要长皱纹了。"

霆宇于是很夸张地捧起我的脸，仔细地看了又看，说："你可千万不要长皱纹啊。一张脸本来就够索然无味的了，再加上未老先衰，你还能有人要吗？"

我翻了个白眼，刚想开口反驳，抬眼望向近在咫尺的他，忽然就怔住了。霆宇双手捧着我的脸，无比接近地看着我，这种暧昧的姿态，竟像极了电视里男女主角接吻之前的浪漫场景。

霆宇似乎也马上意识到这件事情，鼻间呼出的热气一瞬间地局促起来，猛地松开手，双手好像不知道放在哪里好，胡乱地抓着衣摆，别过身，左顾右盼了好一阵子才正常下来，说："走吧，天都快黑了。"

我老老实实地跟在霆宇身后往家走。一向吵闹喧嚣的二人组，似乎第一次这样安静。可是我想，等到明天到来的时候，我们又会像往常一样了吧。

十七岁的少男少女，成年累月地相处下来，中间总会有那么一点点的尴尬和暧昧吧。可是我们都知道，如果我们两个合适的话，一早就该迸出爱的火花了，还用等到现在吗？爱情没有降临，不是因为我们两个是绝缘体，而是因为我们之间根本没有电流。

除了同校同学和上司下属的关系，对我来说，林霆宇还有一个头衔。他是我的邻居，从小一起长大的相处了十七年的邻居。

也就是传说中的，青梅竹马。

很长一段时间，我都在文艺部部长林子菲的压迫下沉默地忧郁着。在众人眼里，我应该是个沉默内敛的女生吧，不怎么说话，面容如水，寡淡无味，成绩平平，属于典型的掉人堆里找不着的那种。唯一的特色，或者说优点，就是我的歌唱得还不错，初中的时候在市里获过奖，于是刚上高中就被老师不由分说地塞进了文艺部。只有在林霆宇面前，我才是活泼而张扬的。因为我知道，在他面前我永远都不需要隐藏什么，他了解我，就像我了解他一样。

今晚有校庆晚会，我在舞台上奔波劳碌地布景彩排，而林子菲就穿着好看的红色晚装坐在沙发上，在众人的簇拥之下心不在焉地背台词。她是主持人，而我，身兼美术指导、艺术策划，以及一切打杂活动，像只勤劳的老鼠一样穿梭在舞台与后台之间，无人问津。其实这样也好，原本我就是属于幕后的那种人，可是不知道为什么林子菲就是看我不顺眼。当着众人的面，她居高临下地说："李晴岚，我的茶凉了，你去给我换杯热的。”

我愣了一下，脑子里迅速地琢磨了一下给她倒茶在不在我的工作范围之内，想来想去也没想出个结果，环顾四周有这么多人在看我们，总不好当众跟她起冲突吧。于是我表情有些僵硬地接过茶杯，转身往后台走去。

一回身，正与身后走来的人撞了个满怀。足足半杯茶，就直直地泼到了这个身穿黑色晚礼服的男生身上。我把目光从他的脚尖上一点一点地往上移，眼光越来越颤抖。光是看他的穿着，我就知道自己闯大祸了——这样一身行头，他该不会就是这场晚会的男主持人吧？

我的目光终于落到他脸上。锦绣一中无人不晓的陈迹，扬着一张清秀冷峻的脸，面无表情地看着我。即使在这样的状况下，他也只是安之若素地站着，没有一丁点儿的狼狈。

众人全部惊呆。半晌，林子菲发出史无前例的尖叫：“李晴岚你是木头啊！还愣着！”我猛地缓过神来，赶紧掏出面巾纸来帮他擦，忙不迭地说：“对不起，对不起，我不是故意的……”管理后台的老师也围过来，看看陈迹，又看看我，说：“这怎么办啊，晚会就要开始了，上哪找演出服去啊？”

穿红色晚礼服的林子菲也跳过来，拿起面巾纸帮陈迹擦，瞥了我一眼，望向陈迹，说：“对不起啊陈迹，我的部员笨手笨脚的，晚会就要开始了，你说现在怎么办啊？”

然后所有人都看看我，又看看面无表情的陈迹，全都慌了神。

我呆呆地望着在女生口中宛如传说一样的陈迹，看着他俊秀的眉眼里透射出沉静而淡漠的目光，好像这一切都与他无关。不知为什么，我心里忽然涌出一股委屈的酸楚，眼泪就倏地涌出来。我咬着嘴唇，不让自己哽咽出声，不让自己在这么多人面前哭，可是眼泪，还是在脸上流淌出一条蜿蜒的河流。

我低着头，绞着手指，强压着失控的声音说："对不起，我不是故意的，真的，对不起……"

双肩微微地颤抖起来。我脑中一片空白，除了流泪，我不知道自己还能做些什么。我好累，原来不管我怎么委曲求全，还是会不断地给自己带来麻烦。我就这样站在众人的目光中央，那么无助。

忽然有人把面巾纸递到我眼前，慵懒干净的声音仿佛自天际传来，他说："没关系。反正衣服是深色的，在舞台的灯光下，湿了也看不出来。"说完，陈迹安然地转身离开，仿佛什么都没有发生过一样。

众人渐渐四散而去，只有我站在原地，握着陈迹递过来的纸巾，擦干了泪水，只觉得浑身虚弱，有种恍惚的无力感。这件事就这样了结了吗？

直到坐在观众席上，望着耀眼灯光下大方得体的陈迹，我觉得刚才所经历的是一场梦。梦中有个王子，轻描淡写地搭救了我。他穿着湿透了的衣服无懈可击地站在舞台上，眼神偶尔会掠过我羞涩的脸，笑容高贵而疏离，就像隔世的莲花。

晚会散场之后，收到风声的林霆宇气喘吁吁地出现在我面前——他是学生会主席，整场晚会都被迫要跟校领导坐在一起。看到我眼睛肿得像桃子一样，霆宇握住我的肩膀说："晴岚，你怎么了？是不是你们部的那个林子菲又欺负你了？你别哭了，我找她去。”说完，林霆宇气哄哄地转身就走。

我抓住他的袖子，轻声地说：“霆宇，你认识陈迹吗？”

霆宇一怔，说：“认识啊。”

我的唇角下意识地向上扬起，说：“今晚，你能不能多讲些他的事情给我听？”

顶楼的阳台是我跟霆宇的秘密花园。

大人们都不知道，在他们睡着了之后，我跟霆宇总是会偷偷跑上来，夏天的时候一起吃冰激凌，冬天的时候一起吃烤白薯，春赏繁星，秋赏明月，好像两个半吊子的文艺青年。

那天晚上，霆宇就真的讲了许多陈迹的事情给我听。

在课堂上看漫画可是学习成绩超级优异的陈迹，看起来很安静却在篮球场上好勇斗狠的陈迹，被无数女生追捧的陈迹，万花丛中过，片叶不沾身的陈迹，慵懒沉默的陈迹，父亲是富商母亲是校长的陈迹……

我拍拍霆宇的肩膀，说：“喂，兄弟，你不会是韩剧看多了吧？世界上会有这么美好的人吗？”

霆宇忽然深深地看了我一眼，说：“你瞧你现在这个花痴的样子，即使我说了陈迹的坏话，你也会觉得他是世界上最好的男生吧。”

我眨眨眼睛，忽然笑了，傻傻地看着霆宇，说：“好像真的是这样呢。可是我其实是希望陈迹不要这么完美的，不然会有很多人跟我抢的。”

听了我的话，霆宇忽然安静下来。半晌，他伸手拍拍我的头说：“回家吧，晚安。”

我躺在阁楼里，一整夜，脑子里都满满地盘旋着陈迹的影子。

想想我与陈迹的相逢，真是喜忧参半。

过了很久我才知道，爱情，本身就是一件喜忧参半的事情。

二　红色三色堇：思虑，思念

我喜欢上了陈迹。可是像我这样平凡有如尘土的女生，是不敢去做“告白”那么有突破性的事的，我只是开始习惯，在熙熙攘攘的操场上穿过人群寻找他的身影，以及小心翼翼地留意从众多女生口中透露出的，他的消息。

自习课上，当我正歪着脖子在篮球场上寻找陈迹身影的时候，林子菲敲敲我的桌子，说：“李晴岚，本周轮到文艺部打扫会议室，我没有时间，你自己去吧。”经过上次那件事情，林子菲好像看我更不顺眼了，毕竟，像我这样的女生，是不值得陈迹为我穿着湿透了的礼服站上一整晚的。

我发短信给霆宇，让他今晚一个人回家，不要等我。

放学以后，我一个人抱着一大堆拖把出现在会议室的门口。

从来没有想过，我会在这里，遇见陈迹。

推开会议室的门，埋头擦干净了半个房间，停下来休息，才蓦地发现会议室里还有一个人。

他斜躺在宽大的花岗岩窗台上，抱着超大的黑书包，制服的上两颗纽扣敞开着，微微露出锁骨。竟是陈迹。

他怎么会出现在这里呢？莫不是我的幻觉吧？

我下意识地走到他身边，近距离地看着他。干净澄澈的一张脸，昏昏沉沉地睡着，纤长浓密的睫毛遮盖住眼瞳，安静得宛如婴儿。

就在这时，陈迹忽然抬了抬眉毛，缓缓地睁开眼睛，迷离的黑色瞳仁望见眼前的我，倏地一怔。我急忙调转视线，莫名地一阵心虚。

气氛一瞬间有些古怪。这种沉默暧昧而紧张。

我攥紧了拖把，鼓起勇气，说："陈迹，上次的事情，谢谢你。"

陈迹看着我泛着潮红的脸，好看的薄唇隐隐掠过一丝笑意，转头望向窗外。

我呆呆地看着他好看的侧脸。没有等到他的回答，不由得有些窘，转身继续干活。

猝不及防地，陈迹从窗台上跳下来，一声不响地夺过我手中的拖把，沉默地拖着地。

我怔怔地看着他，只觉心跳漏过一拍。

眼睛无意间掠过门外，隐约看到一个熟悉的人影，迅速隐没在走廊的另一端，不见了踪影。

那天晚上陈迹送我回家。

一路上谁都没有说话，我听见自己剧烈的心跳。陈迹安静地走在我身边，双手插在裤袋里，我不敢抬头看他，只是定定地看着他被路灯拉长了的影子。

走着走着，陈迹忽然一把将我扯进怀里，我猛地抬头看他，仓皇失措地睁大了眼睛。

陈迹松开我，忽然笑起来，别过头，说："李晴岚，你走路都不看前面的吗？刚才你就要撞到电线杆上了你知不知道？"

深蓝夜幕的掩护下，我的脸颊迅速升温。

冬日冰澈的空气侵入我的鼻息，头顶忽然落下微薄的雪花。在这样的场景下，我仿佛鼓足了一辈子的勇气，说："陈迹，我喜欢你。"

说完，我飞快地往楼洞里跑去。

我只要说出我想说的话，不需要什么回答。

因为经历了人生之中第一次告白，我回家之后就呆呆地坐在窗边，脑中凌乱地揣测着他的表情。陈迹，眼神慵懒的陈迹，笑起来有一个好看酒窝的陈迹，他会像对别的女生一样，因为我向他告白而讨厌我吗？

这时候，电话忽然响起来，一向聒噪的霆宇从来没有这样沉静过，他说："我在顶楼等你。"

夜晚的风很凉很凉，风将我的头发漫天扬起。霆宇走过来，直直地站在我面前，说："我刚才在楼下看到陈迹。"

我一愣。

霆宇扳过我的肩膀，黑色的眸子浅浅地流露出一种害怕失去的恐惧，他说："晴岚，我喜欢你。"

我又是一愣。三十秒之后，我笑着拍拍霆宇的肩膀，说："兄弟，天挺冷的，咱别在这煽情了成吗？你是我兄弟，能不喜欢我么？"

霆宇怔住很久，僵硬地扬起唇角，声音低低的，他说："晴岚，我明白了。”

天空又飘起绵绵的雪花。他离开的背影，就像孤单的三色堇。

三　紫色三色堇：沉默不语

第二天放学，在众多女生啧啧的惊叹和史无前例的回头率中，陈迹出现在我们教室门口。我的心一阵狂跳，以为是我的告白打动了他。我一步一步地走到他面前，只见他干净英俊的脸上没有一丝表情，只是淡淡地看着我。

“陈迹……”我还没有来得及叫出他的名字，林子菲已经径直走到他身边，说：“陈迹，让你久等了。”

我如遭雷击，呆呆地看着眼前这一幕，不肯相信。

不肯相信那个拯救过我的王子，会将灰姑娘丢在一边，挽着公主扬长而去。

林子菲回过头来，朝我露出一个好看的微笑，转身与陈迹并肩离开，连背影都那么般配。

很长一段时间，我倔强地站在原地，亲眼看着他们的身影消失在楼梯的拐角处。我想看到陈迹忽然折返回来，走到我面前说：“李晴岚，我要跟你在一起。”

不知道过了多久，腿开始微微地酸疼起来，仿佛一个世纪般长久。整条走廊都已经空了，操场上的路灯穿透漆黑的夜色，刺痛了我的眼睛。

泪水终于不知不觉地滑落脸颊。

陈迹，干净澄澈的小王子，原来他自始至终，从来都没有把我放在心上。

那天之后，我跟老师申请退出文艺部，理由非常冠冕堂皇，马上要高二了，我需要把更多的精力花在学业上。林子菲正好也在老师办公室里，听到我的话，笑吟吟地走过来说："晴岚，你学习那么好，何必要退出呢？而且高二的活动也少了，不会占用我们太多时间的。"

老师也点点头，说："是啊，晴岚，那你再想想吧。"

我与捧着一摞作业本的林子菲并肩走下楼梯，林子菲侧头看我，说："李晴岚，作业本好重，你帮我拿吧。"

我觉得我心底的火山忍无可忍，终于到了爆发的时候。

"我为什么要帮你？林子菲，你到底要怎么样，为什么不让我退出文艺部？你不是一直看我不顺眼吗？"我的声音有些激动。

"对，我就是看你不顺眼，所以更不能让你退出，不然怎么有机会让你看到我跟陈迹幸福的样子呢？"林子菲看到我这种反应，颇有些意外，随即绽放出一张如花的笑靥。

陈迹。听到这个名字，我的心生生地疼了一下。

"你喜欢陈迹吧？呵，我一早就看出来了。李晴岚，你真以为你是灰姑娘吗？"林子菲看到我疼痛的表情，笑得更加花枝乱颤。

"为什么，为什么你要这么对我？"我真的不明白，为什么林子菲总是想要伤害我。

"因为我喜欢林霆宇。"林子菲深深地看了我一眼，一字一顿地说。

“从我第一天进入这个学校起就喜欢上他，偷偷地跟踪他回家，却看见他揽着你的肩膀。李晴岚，我真的不明白，为什么你这么普通，却有那么优秀的男生喜欢你。”

我怔住，没有想过这种只在电视剧里出现的三角关系会出现在我身上。

“不过那已经是过去的事情了，我现在喜欢的人，是陈迹。”林子菲转身走下楼梯，那叠厚厚的作业本遮挡了她的视线，鞋跟一滑，整个人向楼下栽去。

林子菲住院了，没有她，学校竟然显得有些空旷了。我时常坐在教学楼后面的长椅上，一坐就是一小时，呆呆地望着前方，任思绪安静地凌乱着。

蓦地回头，才发现霆宇不知道什么时候坐在我身边，定定地看着我的侧脸。他忽然拉起我的手，说：“晴岚，你不能再这么待着了，你会疯掉的。”

热闹喧哗的KTV里，霆宇左右逢源地招呼他的各路朋友，气氛快乐而热烈。我坐在众人中间，呆呆地望着前方，思绪还是一团混乱。

忽然有人轻拍我的手，一转头，看见霆宇。他说：“晴岚，你真的那么喜欢陈迹吗？”

我一怔，没有回答。

霆宇低了头，说：“以前就算你再不开心也好，只要我逗你笑，你就会马上开心起来。可是现在，我真的无能为力了……晴岚，对不起。其实陈迹他是喜欢你的，那天晚上，我告诉他，你是因为跟我打赌才跟他表白的，其实你喜欢的人是我。我跟你的亲近程度，整个高二年级组的人都知道，所以陈迹相信了……”

我忽然觉得有些恍惚，虚弱地问：“霆宇，你说的是真的吗？”

霆宇眼睛里掠过一丝愧疚，欲盖弥彰地跑到众人中央唱歌。

林霆宇握着话筒唱：“浅灰色的纸里，夹了朵三色堇，你知道它的花语。”

听到他好听而磁性的声音，我忽然有点想哭。于是在众目睽睽之下把他从 KTV 里拖出去，说：“你知不知道三色堇为什么有三种颜色？”

林霆宇看着我满脸的泪水，一脸诧异，说：“晴岚，你怎么哭了？”

我沿着墙壁滑落，蜷缩在角落里，忽然泣不成声。

霆宇，我知道，你和陈迹，都不会原谅我了。

三色堇为什么有三种颜色？

神话传说中，堇菜花本是单色的，女神维纳斯出于嫉妒鞭打它流出汁液，才染成了三种颜色，故称为三色堇。

没有人知道，那天林子菲跌下楼梯的事故，并不完全是一场意外。

是我亲手，将她推了下去。

如果她不存在，陈迹是不是就会喜欢我。如果她不存在，我是不是就不会有那么多的不快乐。她不知道，一直以来，我是多么嫉妒她。为什么上天已经给了她那么多，还要赐给她陈迹的宠爱。

然后我就眼睁睁地看着她从我眼前滚下楼去，手中的作业本如雪花般飞舞。

就是那么一瞬间的迷失，我便不再是从前那个善良澄澈的李晴岚了。

陈迹来找我。他说林霆宇找过他了，他说原来我误会了你，我以为你是三心二意的女生，所以才找林子菲来故意气你。

他说："李晴岚你知道吗，曾经我是真的真的很喜欢你。可是在林子菲住院的这段时间里，我开始习惯照顾她，也发现了她的好。其实她不是像表面上那样趾高气昂，她只是太过于保护自己。她答应我不会把你推她下楼的事情说出去。希望你以后不要再这样莽撞了啊……"

小王子一样的陈迹，第一次在我面前说这么多话，啰唆得像个唐僧。

我打断他，说："陈迹，可不可以当这一切都没有发生过？可不可以，继续，喜欢我？"

陈迹的眸子瞬间闪过一丝疼痛。

沉默不语。

四　再见三色堇

走廊里回荡殷切的读书声，"流光容易把人抛，红了樱桃，绿了芭蕉……"

霆宇和陈迹都已经升入高三，眉眼间都沉淀出稳重的英气。我最后没有退出文艺部，跟以前一样被林子菲像劳工一样支使着，只是现在看起来却更像一种补偿。

时常觉得我们四个人很像一条食物链，徒劳地排成了一个圈，却只看到前方的背影。如果有人尝试着回过头去，微笑着迎接身后的人，那么他们会幸福。

我知道霆宇一直一直在等我，我却不知道该如何回头，迎接这个总是想尽办法逗我笑，陪伴了我十七年的男孩子。也许是他把我宠坏了，所以我太习惯把自己的错误归咎到他身上。如果不是他，我不会错失陈迹。如果不是他，我本可以很幸福。

我仍然忘不了陈迹。

夏天过后，霆宇考到北京，陈迹考到上海。

霆宇离开这座城市的时候，火车站里，他小声地问我，说："你会往南，还是往北？"

我摇摇头，说："我不知道。"

霆宇失落地离开，他离开的背影，就像孤单的三色堇。

第二年，高考结束。

我用一整年的孤寂，换来很高很高的成绩。

我一个人站在站台上，想起去年霆宇离开时的情景，不禁握紧了手里的车票。

上面写着，上海。

我离开的背影，就像孤单的三色堇。

可惜不是你

浅苍走了。偌大的校园忽然就空旷起来。而我也不必在那么多阳光明媚的午后站在爬满青藤的图书馆楼下低着头看他和夏菱并肩走过的影子。也好,也好。我宁愿他真的去了天涯海角,世界的尽头,也不愿每天这样尴尬地狭路相逢,明明一伸手就能碰到他,却像是隔了千山万水,对面不相逢。

又到了樱花盛开的季节。我站在校园里迷离绝美的粉色云朵下望着远处的天空,眼泪还是流下来了。

其实,我舍不得你走的。

一

十九岁那一年高考之后的暑假,我与浅苍相识。记得拿到成绩单和分数线之后,妈妈拍了拍我的头说:“若蓝,学习果然是你最大的长处,也是你唯一能引以为傲的东西。”全校第一的成绩,本市最好的理工科大学。是啊,其实除了长得丑一点,我也再没什么大缺点了。

假期跑到城市的另一端学日语,夏日炎炎,却是乐此不疲。同桌的男孩子总是穿着阿迪达斯的白背心,修长的身形更显得瘦削起来。我一直不曾正眼看过他,只是眼角总是不时闪过一抹触目惊心的白。直到有一天他回过头来对我说:“许若蓝,你可不可以告诉我,你怎么可以那样熟练地记住平假名和片假名而不把它们弄混?”我缓缓抬起眼睛看他,细碎的刘海熨帖地垂在额前,直挺的鼻梁上方有乌黑而闪亮的眼睛,长而密的睫毛一张一合,翩跹如蝴蝶。心里有什么柔软的东西缓缓融化成水肆意地流淌。而我只是不动声色地回答,多写几遍就记住了,有的片假名跟汉字很像,不难记的。我一向如此,心里在波澜壮阔,表面也是不起半点涟漪。他“哦”了一声,忽然一把抓过我的日语书,在第一页上大大地写了“林浅苍”三个字,说:“这是我的名字,你一定要记住哦,许若蓝。”

从我们相识起浅苍就是这样一个任性的孩子。我看着他充满邪气的笑容,竟有一种泥足深陷的感觉。就像歌里唱的,在最开始的那一秒,有些事早已经注定要到老。即使只是,一个人的天荒地老。

渐渐地,浅苍越来越喜欢把头凑过来跟我说话,通常是先问某个单词的读法,然后海阔天空地闲聊起来。我通常只是听,眼睛也不看他,只是在他说完之后轻轻地点头。浅苍却对我的漫不经心无动于衷,他总是自顾自地说他自己,说他来学日语是为了可以更好地看动画片,他最喜欢看 CLAMP 的作品,唯美、伤感。

“那你呢,若蓝,你为什么来学日文?”我抬头看他,说:“因为我想学会唱仓木麻衣的歌。”迟疑片刻,还是没有告诉他,CLAMP 也是我最喜欢的漫画家,贯穿始终的宿命感,为了保护最爱的人决绝而惨烈地牺牲。

眼前的浅苍露出孩子一样清澈而惊喜的笑容,“若蓝,我也好喜欢仓木麻衣。”

浅苍开始坚持坐三个小时反方向的公车送我回家。夏日的阳光总是那么明亮而灼热，站在空旷的街道上让人有一种恍如隔世的错觉。我侧过头去，看见白得耀眼的光里站着英俊的浅苍，在我身边不停地说话，两片薄薄的嘴唇一张一合，很好看的弧度。我听不清他在说什么，只是忽然觉得那么幸福。而这幸福就像那年夏天里的阳光，明亮却不真实，灼热却不清晰。

暑假快要过去的时候，浅苍第一次没有来上日语课。我看着身边空空的座位，怅然若失的无力感。也许从第一次见面的时候起，浅苍就已经走进了我的生活。老师正在讲日语三级模拟考试卷的时候，浅苍发来短信说："若蓝，我病了，头好疼，我想见你。"

我于是面不改色地抓起书包朝门外走去，留下身后无数诧异的眼神。边往外走边打电话："浅苍你家住哪里？你等我。"

其实浅苍，我也好想见你。此时此刻，这句话几乎冲口而出。而我终究还是没有足够的勇气。像我这样的女子，又怎么可能跟浅苍相爱。

几乎花掉钱包里所有的钱打车赶到浅苍家，居然是全城有名的富人区。我默默地叹气，其实浅苍比我想象的还要遥远。

浅苍站在大门口等我，大概是因为那里的警卫不让陌生人进。他的脸色苍白头发凌乱，穿着大大的维尼熊睡衣，双手插在裤袋里靠墙站着，嘴角扬起漂亮的弧度，略低着头看我，眼睛如深潭一般漆黑深邃。我走到他身边，仰头看了他许久，终于笑出声来。"浅苍，我真的没有想到你会穿维尼熊的睡衣。"浅苍露出有些错愕的表情，叹了口气说："我还以为你会给我一个大大的拥抱。"

“怎么可能？”我云淡风轻地说，“其实我今天也没去上课，刚好路过就来看看你。”

浅苍没有再说话，只是低着头一直走，眼睛定定地看着地面。停在一栋漂亮的别墅前，浅苍忽然很正色地对我说：“若蓝，这就是我家。你面前是通向我心里的门，如果你选择进入，就请你以后不要再逃避。”

我干涩地笑着：“我从来没有逃避过什么。既然你把这扇门说得这么神秘，我想我还是不要进去的好。你好好养病，我先走了。”

就在我转身离去的瞬间，浅苍忽然紧紧地抓住我的手腕，我看见他女孩子一样纤细白皙的手背上有青筋条条凸起。他一把拥我进怀里，我看见他睡衣上的维尼熊把眼睛眯成弯弯的一条缝。有些事，本来就是避无可避的。我闻到他身上淡淡的洗衣粉味，沁人心脾的极致诱惑。我闭起眼睛，从此不想再离开。

我听见浅苍遥远的声音，他说：“若蓝你不要再逃避了，你明明是喜欢我的不是吗？”

我什么话都没有说，只是轻轻地用手臂环了他的背。即使时间无法就此停止，这也是我们的一生一世。

二

我想，终我一生也不会再有那样一个美好的假期了。仿佛遥远而美丽的梦境一样存在于我的生命里，总是让我在以后无数次的回首过往中怀疑它的真实性。那个时候，身边没有相识的人，没有嫉妒没有嘲讽，全世界只有我和浅苍，牵着手摇晃在城市里的每一条街道上。即使我穿着五寸高的高跟鞋也无法使自己的鼻尖够到他胸前的第一颗纽扣。情人之间的最佳身高比例，是倾我所有也做不到的了。

浅苍常常会坐好几个小时的公车送我回家，然后再打车回自己的家。他总是站在我身后环着我的腰，尖尖的下巴抵在我的头上，多么亲近的一种姿态。那时候，我的心里只有满满的爱意，没有不安也没有叹息。

那个时候浅苍总是说："若蓝，到底哪个才是真正的你呢？有的时候那样冷漠，有的时候又这样乖巧。"

我和浅苍考上的是同一所大学，他在数学系，我在经济系。开学的时候，我和他已经俨然一对年代久远的恋人，举手投足之间都有着不可言表的默契。即使这样，我还是可以在偌大的校园里听见有关浅苍的种种谈论，除了谈他的英俊聪明和富有，也谈他面容如水的女朋友。几乎所有的女生都在叹气，那样的女孩子怎么配得上如此优秀的浅苍。

三

在众多喜欢浅苍的女孩子当中，夏菱似乎是最讨人喜欢的一个。物理系的系花，有大而深的眼睛，皮肤白皙如雪，漂亮的棕色大卷发。同寝室的女生说，她穿的衣服几乎每件都要上千块，老天真是不公平，不仅给了她美貌，也给了她衬托美貌的一切辅助品。

我淡然地笑笑，说："其实世界上本来就没有公平这回事。"

妈妈已经察觉我和浅苍的事了，竟然没有怒不可遏，只是幽幽地跟我说："总有一天，你会后悔。"

晚上独自去上自习，浅苍打来电话，说："你已经三天没接我电话了，你到底想怎么样？"听得出来他很生气。这已经不是我们第一次吵架了。不知何时起，我开始频繁地惹他生气。

"我没想怎么样，只是想让自己静静，也给你多些选择的机会。"我的语调平和，轻描淡写。

"我知道你在我手机上看到了夏菱约我出去的短信，可是我不是跟你说了吗，我根本没理她，你要我说多少次才相信呢！"浅苍有些气急败坏。他也许现在才知道，原来我也是这样任性的一个孩子。

我按断电话，甚至连一句再见都没有说。我伏在桌子上剧烈地哭泣，双肩如风中落叶一般颤抖起来。浅苍，我伤害你了吗？浅苍，我只是不知道应该怎样面对你。

于是在晚上十一点的时候翻过宿舍的墙打车回家，母亲正坐在沙发上看电视，很专注的神情。

"妈，我是真的喜欢浅苍。"

母亲回过头来看我，半晌没有说话。

"若蓝，你可知你为什么没有父亲？"

我摇摇头，泪水如雨水般倾泻而下。从小到大，母亲一直决口不提父亲的事，只是一遍一遍地告诉我："若蓝，你并不是一个美貌的女子，你应该心无旁骛地学习，靠自己的力量好好生存。"仅此而已。

四

此时有大三的学长追我，体育部长，皮肤黝黑身材魁梧，打篮球的时候英勇无比。

我并没有拒绝他的约会。于是学校里开始有人看到我们一起从电影院出来，隐隐约约似乎仿佛好像是牵着手，传言愈演愈烈。

浅苍终于忍无可忍，把我从图书馆自习室里一把拉出来，怒气冲冲地质问："许若蓝，你这是什么意思？你已经多久没跟我见面了？你怎么可以跟别的男人出去？你为什么不接我电话？"

浅苍其实并不是一个很善言辞的人，终于气愤得说不出话来。只是直直地望着我，额头上有条条青筋暴出。

我笑："浅苍，有别的人喜欢我，是这样不可理喻的事吗？追你的人也不止一个，我要是这种气法，早就死过几次了。Take it easy。你凭什么以为除你之外再没有人肯要我了？"

浅苍直直地看了我许久，满是疑惑和忧伤，眼睛里的光泽逐渐泯灭，酸楚得说不出话来。良久良久，他颓然地转身，一步一步，慢慢地走远，双手插在裤袋里，眼睛定定地望着地面，剧烈地呼吸。

我望着浅苍离去的背影，重重地叹气。其实我可以拒绝那个学长的，因为我从来没有喜欢过浅苍以外的人。可是我不能拒绝，因为我要向浅苍证明和炫耀，你那样的门庭若市，我也不是无人问津的。并非存心伤害浅苍，只是平凡的面孔后面有一颗太过敏感骄傲的心。

五

浅苍从此没有再找过我。直到大三的学长约我去看他的篮球赛，我才再一次地见到浅苍。我站在众多欢呼的人群中呆呆地望着对面的浅苍，他安静地站在那里，淡淡地望着在球场上奔跑的人们，始终没有抬头看我。时间仿佛忽然逆转，我想起浅苍曾经穿着同样的白色背心坐在我身边背日文单词，一脸清澈干净的笑容。他现在的平和忽然让我感到手足无措，是我一手摧毁了我们之间宁静的幸福，现在却在兀自感慨沧海桑田。

正在恍惚之间，一颗球猛地从天而降，模糊中我看到浅苍焦急地跑过来嘴唇不停地一张一合，听不见声音。我重重地倒在地上，眼角流着晶莹的泪水，好似透明的绝望。浅苍，为什么你总是看到我这么狼狈的样子。

浅苍白皙修长的手臂紧紧地环着我奔跑在去医院的路上，我听见他剧烈的心跳。倘若我就此死在他怀里，也是一种绝美的结局吧。

六

醒来的时候是在医院里，眼前是一张陌生英俊的面容，直直地望着我，悲喜交加的眼神。

“你是？请问，我们认识吗？”我小心翼翼地问。

对面的英俊男子仿佛被闪电击中般愣在那里，表情瞬间凝结，胸口剧烈地起伏。

此时一个健壮黝黑的男子走进来，看见我醒了，急忙跑过来说："若蓝你没事吧？医生说你可能会有轻微的脑震荡……都怪我，不应该让你去看球赛的……我……"

我茫然地眨眨眼睛，看看他，又看看僵在那里的英俊男子，慢慢地低下头，说："什么球赛？我不记得了。"

又一个如遭雷击的男子。后进来的黝黑少年也僵在那里，许久之后才神魂甫定地说："我叫程宇，是你大三的学长，你不记得我了吗？"

夜深人静的时候，我躺在医院的病床上想起那天夜里母亲和我的谈话。

他，是个演员，年轻的时候英俊无比，当年剧团里的所有女孩子都喜欢他。我当时只是编剧助理，总是在台下痴痴地望着他演戏。他欣赏我的才华，总是对我特别地细心。后来我们在一起。他说等做完全国巡回演出之后我们就结婚。

母亲的脸上波澜不惊，仿佛在讲述别人的故事，只是眼泪就这么流下来了，看得我格外心酸。

后来的故事不用说你也会猜到了。他爱上了别人。貌美如花的一个女子，跟他真正天造地设，站在一起是让所有人艳羡的一对璧人。

"其实没有男人不爱美丽的女子，两个人是否彼此相当一眼便可看透。若蓝，你长得像我而不像你父亲，也是命中注定的事吧。我并不是想限制你什么，只是希望将来的某一天里，你不要后悔。"

"妈妈，那你又是否后悔？"

母亲淡淡地笑,没有回答。

七

浅苍每天都来看我。可惜程宇每天都比他早来一步,有时候削苹果给我吃,有时候讲些不好笑的笑话给我听。我的眼角瞥见浅苍,所以我很努力地笑,直到他颓然地转身离去。我经常会趴到窗户上看夕阳在他身后画出美丽的剪影,心里仿佛有火焰燃过,有些撕裂的酸楚。

"程宇,你为什么喜欢我?"

"……若蓝,其实你什么都没有忘记,对吗?"

"是。我当然记得。也记得你是夏菱的表哥。"我一字一顿地说。

程宇没有想象中的错愕和惊慌,只是猛地跑过来紧紧地抱我,一遍一遍地说:"不是的,若蓝,我现在真的真心爱你,真的。"

我闭起眼睛笑着流泪,浅苍,你果然是世界上唯一肯来无私爱我的男子。

程宇,倘若你自觉有愧于我,从此好好对我便是了。

八

从此浅苍与我行同陌路。程宇曾经对他说:"若蓝已经忘记你了,再纠缠下去对大家都没有好处。听我一句,珍惜眼前人。"浅苍,也终于可以放下我了吧。

大四的时候,浅苍与夏菱开始出双入对。我忙着毕业论文,考研,比起他们的轻松自在，我显得格外焦头烂额。我本来就是那种必须为生活奔波的女子，举步维艰，与浅苍始终不是同路人。

早春三月，乍暖还寒，最难将息。浅苍发短信来约我在星巴克见面。我犹豫了片刻，回复说好。

曾经那样任性的浅苍，在我面前簌簌地落泪，认真地告诉我他要离去的消息。

“若蓝，不管你是否真的忘记了曾经的所有，你是爱我的，我知道。只是，你更爱自己。你怕有一天我会放弃你，所以你选择先放弃，先留一个落寞的背影给我。即使这样，我却还是无法忘记你，这几年来，你可知我的痛楚。不如我们重新开始。倘若你开口留我，我就不再离开。”

“浅苍，我又怎么会留你？我真的很希望你幸福。所以请你离开，远远地离开，忘记我给你的那些伤害，也忘记你曾经爱我如斯。一切都已经过去，祝我们后会无期。”

我站起身来，颓然地走出门口，慢慢地走远。眼睛直直地望着地面，竟然没有眼泪流下来。浅苍，这次就让我留个背影给你吧。其实我并不是怕你先放弃我，亦不是怕你先留个寂寥的背影给我，更不是我更爱自己。只是，怕自己无法给你最好，怕你在日后的某天后悔你年少无知的爱情。

更何况，夏菱是那样执着笃定地爱着你，甚至不择手段。她漂亮，富有，自信并且坚持，拥有我所不具备的一切。

还有，我原本姓夏。只是后来跟了母亲姓许。夏菱的父亲是个名演员，听说年轻的时候英俊无比。我生性懦弱，总是学不会怎样去爱，如何去恨。毕竟血浓于水。

九

恋恋四月天。又是一年春色，满目的草长莺飞花红柳绿。风里弥漫着淡淡的青草香，扑鼻而来的暧昧气息和细碎的长发一起飘荡在空气里。这种天气总是让我无数次地怀念浅苍，怀念生命年轮上铭刻着的只属于我们两个人的恋之岁月。没有人知道，那些夹杂着欢笑与悲伤的经年过往始终是我生命中最珍贵的回忆。

没有人知道，包括林浅苍。

亦是无数次想起《十八春》里曼桢的那句话。那样的简单与平淡，无尽绵长的感伤与心酸。

“世钧，我们再也回不去了。”

短短一句话，蕴涵了所有的蹉跎与错过。转眼间，沧海桑田，木已成舟。

浅苍，我们再也回不去了。

二月的桔梗花

我是因为林白而喜欢紫色的。

遇见他以后，我开始固执地穿紫色的衣服，用紫色的书包，让这种颜色在我的世界里铺天盖地地蔓延。

所以当我第一眼看到桔梗花的时候，那淡紫的恬静的花朵，就让我不可遏制地喜欢起来。

很久很久以后，林白离去的那天，他告诉我桔梗的花语。

望着他的背影，只觉二月的阳光霎时冰凉起来，混着了我的泪水，倒流进心底，辗转成痕。

一　人生若只如初见

我在这个陌生城市遇见的第一个人，就是林白。

我指的是标准意义上的遇见，而不是指那些见过就算的路人甲乙丙丁。多年以后我仍然相信，当我第一眼记住林白的那个瞬间，他也同样记住了我。

转到浅枫一中的第一天，身材矮小有些秃顶的中年校长笑呵呵地带我横穿操场往教学楼走去，一颗足球忽然像流星一样破空而来，正对着校长荒芜的头顶，而校长此时正面朝着前方，浑然不觉。潜藏在我体内的侠女情结骤然发作，又或者是出于简单的条件反射，总之我飞快地伸手拦住那颗球，在它撞上校长头顶之前稳稳接住了它。

"谢谢你。"身后传来淡然好听的声音。

我转过头，只见午后微薄的金色阳光里，一个颀长静好的身影站在那里。他一步一步走近，精致俊美的五官映入我的眼眸，我不禁一怔。

我发誓，林白是我所见过的最具王子气质的一个男生。琥珀色的眼眸，微微金黄的头发熨帖微卷，穿紫色的高领毛衣，外套是棱角分明的黑色制服，微薄的阳光斜斜地照下来，他美好得不似凡人，即使只是一个礼节性的微笑，也可以让人如坠云端。

他朝我笑，说："可以把球还给我么？"他的朋友也围过来，笑嘻嘻地看着我，似乎是很感激我接住了那颗球，毕竟校长发起飙来可不是好玩的。

我顿了顿，调转眼眸，恢复成往日淡漠的样子，面无表情地把球放到他手里，一言不发地转身离去。小王子一样的林白明显愣了一下，定定地看着我的背影，良久良久。

后来我曾经跟林白谈起第一次见面的情景。我说你那时是不是对我一见钟情了，不然怎么会那么长久地看着我的背影？

林白淡淡地笑，说："一直以来都没有哪个女生会舍得用背影对着我。我当时只是在想那个女生是不是眼神不好，又或者审美有问题。"

我切了一声，狠狠骂道："王子病晚期。"

然后林白就又在金色的阳光里露出恬淡美好的微笑。十足一个内心与外表不符的大尾巴狼。

在没有遇见林白之前，我认为在一天之内三次碰到同一个陌生人只是电视剧里出现的情节。但是当我遇见他以后，我开始觉得，那其实是一种劫数一样的缘分。

第二次遇见林白是在浅枫医院里。走路带风的我经过走廊的转角，差一点就与迎面而来的水盆发生碰撞，还好对方眼疾手快，侧身到一旁，才使我幸免于难。我抬头，正对上一双琥珀色的眼眸。

林白看到我，也是一怔。

“你怎么哭了？”林白怔怔地看着我脸上的泪痕，忽然轻声地说。

听到他的声音，我鼻子莫名其妙地重重一酸，眼泪就大滴大滴地滚落下来。

我别过头，看着地面，淡淡地说：“这跟你无关吧。”然后我就绕过他，头也不回地朝楼梯口走去。

这一次，林白的目光仍旧直直地落在我背影上，却仿佛比上一次平添了许多复杂的成分。

其实后来很长一段时间里我都想不通为什么才第二次见面的林白简简单单的一句话，就可以让我忽然泪水滂沱。

当我走到医院门口的时候，忽然有人从楼上喊我的名字。

我抬头，看见从二楼窗口探出头来的林白，手里扬着一包薄荷味的面巾纸，说：“喂，别哭了，今天风很大的。”

然后他就把那包面巾纸顺窗户扔了出来。我条件反射地接住，怔怔地仰望着他小王子一样恬淡美好的笑容，心底隐隐有种温暖的感觉无声地蔓延。——虽然我并不理解哭不哭跟今天风大有什么关系。

林白回身消失在窗子里，我拿出一张薄荷味的面巾纸擦眼泪，清凉的薄荷香沁入我鼻息，压抑在心底的悲伤难过又一下子涌出来，我于是蹲在原地，轰轰烈烈地哭了很久很久。

我是来医院看我妹妹的。我素昧平生的名义上的妹妹。抢走我父亲所有疼爱的妹妹。

标准意义上讲，我在这个陌生城市遇见的第一个人，就是林白。

我们一天之中的第三次相逢，开始于一场疑似自杀的偶然事件。他刹那间疼痛关切的眼神，让我此生不能忘怀。

原来喜欢上一个人，可以仅仅只是因为一个眼神。

二月的夜晚，还带着乍暖还寒的冷峻，我站在徐浦大桥边，风把裙角吹得上下翻飞。微微向前迈一步，靴子的鞋跟就与石阶发出清脆碰撞的声响，我望着烟波浩淼的江面，重重地叹口气。午夜安静，左右无人，我翻身坐到栅栏上，晃荡着双脚，只觉自己的心境与这江面一样，昏暗苍茫。

冷风袭来，衣着单薄的我不禁一阵瑟缩，身体不由得向前蜷缩起来。就在这时，忽然有人自后抱住我，突如其来得仿佛一场童话。他的怀抱异常温暖，空气中弥漫起带着体温的薄荷香，我猛地回头，正对上一双炽热的疼痛着的眼睛。淡紫色的高领毛衣，棱角分明的黑色制服。

竟是林白。这是我始料未及的事情。

我错愕地看着林白，他也静静地看着我，时光仿佛一瞬间停滞下来。他的眼眸清澈黑亮，一脸认真而冷峻的表情，一字一顿地说："不要死。不管发生了什么事，都不要放弃生命。"

我怔怔地仰望着林白，睫毛自然向上翻卷，呆呆地看了他一会，挣开他的怀抱，忽然笑了起来。原来，他是以为我要寻短见。很久没有遇到这样好笑的事情了，我笑得前仰后合，笑得眼泪都出来了，我说："林白，你想象力也太丰富了吧。"

林白一怔，说："秦水暖，这就是你对救命恩人的态度吗？"

我收住笑，狐疑地看着他，说："你怎么知道我的名字？我可没有告诉过你。"

林白别过头，好看的侧脸上泛起涟漪一样的笑容，说："那你是怎么知道我的名字的？我也没有告诉过你啊。"

我指着他制服上的名牌刚想说什么，手指却忽然僵在半空。看来我秦水暖的脑袋真是秀逗了，他有名牌难道我自己就没有么？

看着我略微僵硬的表情，林白挑挑眉毛，英俊的脸上浮现出坏坏的笑容，说："第一次见你的时候，还以为是个傲霜斗雪的冷美人，现在看来，也不过是个颠三倒四的小丫头嘛。"

我瞪了他一眼，转身就走。

气势汹汹的我冲出两步之后复又停下来。背对着他，很小声地说："谢谢你。"

谢谢你那一瞬间在乎而关切的眼神。那个眼神让我觉得自己是被关怀着的，让我觉得在这个世界上，是有人在乎我的生死的。

我从来不轻易跟人说谢谢的，所以黑暗中，我的脸就像火烧一样热了起来。我拔腿就跑，细跟靴子碰撞着地面发出有节奏的声响。

一天之中，林白第三次错愕地望着我的背影，良久良久。

不是说多次的偶然就是注定吗?

那我们,也是注定的吗?

二　情如饮水,冷暖自知

我叫秦水暖。家在苏州,这次独自转学来上海,是为了离家出走。

小学的时候,语文老师曾经大胆猜测,我的名字大概是取意于"春江水暖鸭先知"那句诗。她错了,爸爸的标准答案要比那句诗深刻得多——"情如饮水,冷暖自知。"他说他希望我的水是暖的,可以像童话里的五月花公主一样得到美好绵长的爱情。那时候的爸爸多么爱我,虽然给不了我最漂亮的衣裳和最昂贵的玩具,可是他把我捧在手心里,把我当成世上最重要的人。谁能想到,曾经那么爱我的爸爸,会为了另一个女人,抛弃我和我们的家呢?

那天之后,在我的世界里,林白的曝光率空前高涨起来。学校宣传栏里总是有他的照片,众多女生口中也总是盘旋着他的名字,甚至连上厕所都能跟他狭路相逢。

那日我正在洗手台前照镜子,忽然在镜子里看到了一张白皙清俊的脸,依旧穿着的高领毛衣衬得琥珀色眼眸的他更像个小王子。看着镜子中的他的脸,我怔了一下,随即条件反射地做出每个女生的正常反应——尖叫。

林白飞快地用手臂环住我,宽大温暖的手掌覆住我的口,一边把我拽到洗手间门外,指着门上大大的MAN三个字母,说:"小姐,你看好了再叫好不好?”

原来是我走错了,被林白揽在怀里,我的手覆在他的手背上,瞪大了眼睛狠狠看着他的眸子,脸上的温度又一次飞速升高。林白微微怔了一下,大概也意识到我们的接触太过零距离,急忙轻轻地松开我,双手插在裤袋里,恢复成小王子悠然高雅的样子,说:“秦水暖,听说你一个人住。可是你这么糊涂,还真是让人担心呢。”

我一怔,说:“你怎么知道我一个人住?”

林白耸耸肩膀,说:“地球人都知道呢。学校里有关你的各种传闻,我已经听过N种版本了。”

是啊,关于我的传闻。听到这里,看着林白浑然不觉的脸庞,我的心就凉了下来。我的过去,他到底知道多少呢?原来不管走到哪里,那些不为人知的、伤口一样的旧时光,都是我永远甩不掉的了。

周围有人来往路过,看见我跟林白一起站在厕所门口聊天,都回过头小声议论着说:“哎呀,你看,林白怎么会跟秦水暖那样的人在一起呢?”

是啊,我跟林白这种在竞赛中拿奖像家常便饭一样的好学生,原本是搭不上边的吧。

大家眼中的秦水暖,是成绩很差的转校生,家里有几个臭钱,从来不肯穿制服,听说是被父亲赶出家门的,现在一个人住宾馆。更可恶的是眼高于顶,总是冷着一张脸,从来不跟人打招呼,所以没有朋友。

关于秦水暖为什么被父亲赶出家门也有N种版本。那个苏州城内知名的富豪几乎要登报跟她脱离父女关系了,不知道是做了什么大逆不道的事情呢。

我怔怔地看着林白，表情一瞬间的僵硬，一言不发地转身离开。

林白却忽然叫住我，说："秦水暖，你的手好凉。"

"这跟你有什么关系？"他为什么总是跟我说这些有的没的，我不禁有些不耐烦。

林白忽然一个箭步迈到我面前，一把抓住我的手，他掌心的热度顺着我身体中的每根脉络直达心房。林白露出他小王子一样的招牌笑容，说："找个人给你暖手吧——或者在没找到那个人之前，先买双手套。"

很长一段时间，我就这样静静地看着他，任他把我的薄凉似冰的手紧紧握在掌心里，心中最柔软的地方一点一点地沉沦着。

为什么小王子一样的林白要对我这么好？不管他是有心还是无意，又有什么阻止得了我喜欢他的心呢？

秦水暖一向是任性的女孩子，所以当我清楚地意识到我喜欢林白之后，就开始拼命增加自己在他的世界中的曝光率。因为我一个人住，所以常常有理由跟着林白蹭饭吃。

那个二月的黄昏，我横在林白家的沙发上，一边剥橘子，一边把我名字的来历讲给他听，在厨房里手忙脚乱的林白正在呼啦呼啦地炒菜，扯着嗓子大吼，说："秦水暖你别跟我说话，我听不清楚。"

我把一瓣橘子塞进嘴里，支支吾吾地说："就是因为你听不清楚我才会说啊。"林白他不知道，我是一个多么虚张声势的人，从来都不肯把自己的软弱暴露在人前。只有他，可以让我莫名地想在他怀里掉眼泪，像只无助的猫咪。

林白端着两个盘子从厨房走出来，看看我，一阵风似的跑过来，一把夺走我手里的橘子，说："秦水暖我跟你说过多少遍了，刚喝完牛奶不要吃橘子，会消化不良的！"

我努努嘴，说："消化不良就不消化了呗，有什么大不了的。"

林白微微蹙起好看的眉，说："秦水暖你就是这样不爱惜自己，消化不良的话胃就会痛，胃痛的话……"

"林白，你真的比唐僧还要啰唆唉。"我看着他循循善诱的样子，忍不住觉得有些好笑。

林白看我的眼光却忽然凝固住了。黄昏绯红的阳光透过窗子洒在他身上，衍生出一片明媚的光影。

"秦水暖你知道吗，你跟西莫真的很像。同样手指冰凉，同样喜欢边喝牛奶边吃橘子，同样喜欢说我啰唆。"林白的目光忽然悠远起来，夹杂着一丝失落的黯淡。我的心一下就仿佛沉到海底，溺水般无力了。

这个叫西莫的女孩子，对林白来说，一定是个很重要的人吧。

这时我真的很想问：林白，那你是因为那个叫西莫的女孩子才对我这样好的吗？可是话到了嘴边，却被我生生吞了回去。我不敢问，怕他亲口说出我会伤心，更何况他的眼神，已经给了我答案。

"西莫，是你喜欢的人吗？"我淡淡地问，侧过身，不让他看到我的表情。

林白没有回答，他就那样静默在绯红的夕阳里，凝铸成我心中永恒不灭的一片剪影。

三　消失的桔梗花

我跟林白一起看过的唯一一部电影就是《情癫大圣》。情节很夸张，对白却很动听。就像我们之间一样。

那是学校组织去看的电影，全校近千人一同坐在昏暗的电影院里，林白坐在我的斜后方，我掩耳盗铃地把这个空间想象成只有我们两个人存在。

爱一个人，能多久？——这是五百年前，周星驰版悟空的问题。

爱一个人，需要结果吗？——这是五百年后，谢霆锋版唐僧的问题。

在林白讲了西莫的故事给我听之后，我开始说服自己去回答后者的问题，以及相信他给的答案。——爱一个人是不需要结果的，没有结果就不会有尽头的一日。

西莫是林白青梅竹马的邻家妹妹，从小一起长大，感情根深蒂固，她的手总是冰凉冰凉的，也曾在徐浦大桥边上演过一场疑似自杀的情景剧，也曾在林白啰唆之后说他像唐僧。是因为这一系列巧合，林白才对我莫名地产生出一种不一样的感情。书上说，从心理学的角度上讲，这叫“移情”。

即使明知道林白心中住着另外一个女孩，可是我的感情却已经无法收回。我说过，从他握住我的手的那一刻起，不管他是有心还是无意，又有什么可以阻止我喜欢他的心呢？

我跟林白走得很近，这成了学校里轰动一时的新闻。所有人都以为我们在交往，而林白和我也都不屑于去解释。于是我就经常在众多女生艳羡又刻薄的眼光里，踢着正步昂首挺胸地走在林白身边。一直没有告诉林白，每一次站在他身边的我，都感觉幸福无比。

当那天中午我们一起坐在树荫里的高低杠上吃汉堡的时候，我说："林白，你可以带我去看看西莫吗？"真的很想亲眼看看，能让小王子一样的林白喜欢上的女孩，到底是什么样子的。

林白喝了一大口可乐，说："好啊，不过你只能在病房外看看她了。西莫是个很幼稚的女孩，她看到比她漂亮的女生会生气的。"说到西莫名字的时候，林白的声音中情不自禁地夹杂着一丝温柔，这种温柔让我心酸。

西莫在一年前诊断出有白血病，一直住在浅枫医院里，上次我在医院与林白狭路相逢，他就是去看她的。因为不停地做化疗，很疼很辛苦，所以西莫曾经站在徐浦大桥前准备结束自己的生命，幸亏林白及时赶到才救下了她。这也是林白那次以为我站在江边就是要跳江的原因。

为了掩饰自己的心酸，我故作顽皮地对林白说："你真的觉得我比西莫漂亮吗？那你干脆跟我在一起好了。"

林白一怔，颇有些紧张地望向我，见我一脸恶作剧的笑容，这才释怀下来，嗔怒地说："秦水暖，捉弄我就那么有趣么……西莫因为长期做化疗，面容很憔悴，头发也掉了很多，不过在我眼里，她跟以前一样漂亮。”

我怔怔地看着林白，身体忽然失去平衡向后一仰，险些从高低杠上跌下去。林白急忙过来揽住我。

我于是就这样靠在他怀里，仰望着他小王子一样干净英俊的脸，双手环住他的颈，很认真地说：“林白，可是怎么办呢？我真的喜欢上你了啊。”

我是因为林白而喜欢紫色的。

遇见他以后，我开始固执地穿紫色的衣服，用紫色的书包，让这种颜色在我的世界里铺天盖地地蔓延。

所以当我第一眼看到桔梗花的时候，那淡紫的恬静的花朵，就让我不可遏制地喜欢起来。

浅枫医院门口，林白与我从两个方向走来，进大门的时候同时抬头，看到了彼此。我没有想到会在这种情况下相遇，呆呆地看着他，竟然再也无法移开视线。林白捧着一束紫色的花，他以前告诉过我，这是西莫最喜欢的桔梗花。

我缓过神来，转身就走，林白一把握住我的手臂，好看的眉纠结地微蹙起来，声音里有些踌躇有些疼痛，他说：“水暖，你不是说要看西莫吗？一起去吧。”

走到 2032 号病房门口的时候，我的心忽然阵阵钻心地疼痛起来。原来西莫，就是 2032 号房里的女孩子。现实中真的会有这么巧合的事情吗？林白，遇见你，是上天给我的惩罚吗？

我站在病房门外，呆呆地看着林白把那捧桔梗花放到那个面色苍白的女孩子怀里，然后她平淡憔悴的脸上，就泛起了一种迷人的光彩。我转身朝大门外走去，眼泪大滴大滴地滑落下来，顺着脸颊流到领子里，一串冰凉。

走出大门以后，我仰头望着二楼空荡荡的玻璃窗，心针刺一样地疼了起来。依稀记得，那里曾有一个男孩子，扔了一包薄荷味道的面巾纸给我，说："喂，别哭了，今天风很大的。"

可是那个人，他再也不会对我这样好了吧。

清晰记得那天，听我说喜欢他之后，林白瞬间僵硬的表情。他的手骤然松开，猝不及防的我猛地从高低杠上跌落下去。摔疼了的我坐在地上，呆呆地看着面无表情的林白，看到眼眶发酸。小王子一样的林白，走过来淡漠地扶起我，一字一顿地说："秦水暖，对——不——起。"然后他转身离开。从未有过的冷漠。

"林白，不要走。"我的眼泪哗的一下铺天盖地。从未有过的软弱。

背对着我，林白告诉我桔梗的花语。

他说桔梗的花语是永恒的爱。他说他想倾尽一生去守护的人，只有西莫。

望着他的背影，只觉二月的阳光霎时也冰凉起来，混着了我的泪水，倒流进心底，辗转成痕。

情人节那个夜晚，我约了林白在一家叫"memory"的咖啡厅见面。

林白犹豫了许久，看着我黯然的眼，终究答应下来。彼时西莫的病情已经好转，听说已经找到了合适的骨髓。

“水暖，节日快乐。”林白竟然带了一支玫瑰花来给我。看见我骤然紧缩的瞳孔，淡淡地解释说：“路上的小女孩非让我买，没有办法。”

我喝了口橙汁，淡淡地说谢谢，表情又恢复成往日冷漠疏离的样子。

彼此沉默着，店里回荡着小红莓的 *Dying in the sun*。空灵哀伤的曲调也被这个节日热情如火的氛围掩盖了。

“水暖……”

“林白。”林白欲言又止，却被我骤然打断。

“我是来跟你道别的。明天我就要回家了，紧接着会去英国留学。”我低垂着脸，淡淡地说，仿佛在讨论天气。

林白重重一怔。

我拿出一束用淡紫色玻璃纸包好的桔梗花放到林白面前，说：“你知道桔梗的传说吗？传说，桔梗花开代表幸福再度降临。可是有人能抓住幸福，有的人却注定与它无缘，抓不住它，也留不住花。于是桔梗有着双层含义——永恒的爱和无望的爱。”

“林白，我要你幸福。”我起身，拿起外套，优雅地转身离开。原本以为已经释然了、僵硬了的心，却还是在我背转过身的一瞬间软弱起来。眼泪又一次铺天盖地地弥漫眼帘。

电影里说，不追求结果的爱才是无限的。

林白，你不知道我是个多么偏执的人。所以我喜欢你，这是一辈子的事情。

林白他永远不会知道，西莫就是我那个同父异母的挂名妹妹。爸爸已经把她和她的妈妈隐藏得很好，直到她患了白血病，整个事情才浮出水面。我的骨髓是唯一适合她的，可是我不肯救她，不肯救一个打破我幸福家庭的人，固执地违逆着父亲。于是父亲盛怒，甚至要登报跟我脱离父女关系。我于是带着一张银行卡独自跑到上海，遇见了我命中注定的小王子。

林白，我是为了你才救西莫的。因为你的幸福，比一切都要重要。

来英国之后，爸爸每个月都会往我的账户打很多钱。因为在我表现出善良大度之后，他开始觉得亏欠我。

QQ 上看到林白，我永远都是隐身，从来不会上线。他 QQ 上挂着长长的签名，写着：水暖，其实那天我叫你的名字，是想告诉你，从这一刻起，我想倾尽一生去守护的人，已经不再是西莫。

相隔万里的电脑屏幕前，我再一次因为林白，泪流满面。

迷迭香

我想我最喜欢的人始终是季朗。不然也不会被他的拒绝伤得体无完肤,心碎成灰。

可是我又能怎么样呢?世界上除了他,谁还有这样的本事,只用一个最简单的微笑,便可让我枯木逢春。

临走之前,我送给他一束迷迭香。

它的花语是,留住回忆。

一

我想,我跟季朗之间的故事,要从我在走廊的窗台上捡到一本政治练习册说起。

那个静谧美好的午后,我背靠着窗台站着,看着那满页的错题,政治课代表的职业病便发作起来。下意识地拿起手中的彩色铅笔,一边画圈一边摇头。

忽然有人自后轻拍我的肩膀,手掌的热度透过校服侵入我的皮肤,漂亮的声线自半空响起,说:“美女,那本书好像是我的诶。”

我猛地回过头,正对上一张棱角分明的脸。白皙,英俊,细碎的刘海垂在额前。黑色的制服在他身上惊人地好看,乌黑的眸子辉映着午后的阳光,散发着钻石一样的光亮。

我睁大了眼睛,一下就愣住了,手中的政治练习册啪一下砸到地上。打死我也想不到，这本错误百出被我画了无数个圈圈的政治习题册，会属于锦绣一中风头无二的混混，蓝季朗。他的名字，在这所不算太大的省重点高中里，无人不晓。

"我，我……"我绞着手指，结结巴巴地想说些什么，却又不知道该说些什么。脸就莫名地红起来，好像有什么在燃烧。"我"了半天，却始终吐不出一个完整的句子。

季朗挑眉，唇角露出一抹戏谑的笑，俯身拾起地上的练习册，说："你是总考年级第一的那个谢潮汐吧？我知道你。"

从未想过，我的名字自他口中说出，会有如此惊人的震撼感觉。我的心猛地一震，看着他微笑的脸，忽然手足无措起来，愣住半晌，条件反射般地拔腿就跑。直到气喘吁吁地坐在教室的椅子上，脑海里还满满盘旋着他的影子。

同桌兼好友的顾小莫足足盯了我半分钟，说："潮汐，出什么事了？你傻笑什么呀？莫非有人跟你告白了？还是你拒绝谁的告白了？"

我猛地攥住她的手，说："怎么办啊，小莫，我好像喜欢上了一个人呢。"

"谁啊？"小莫一愣，然后饶有兴趣地问。

"蓝——季——朗。"我一字一顿地说。这句话一出口，好像心中的一块石头落了地，意外地有种安心的感觉。

其实我注意季朗很久了，他像一个传奇，被众多女生口口传诵着，一点一滴地积累在我心里。而当今天他如此接近地站在我面前，我才发现，原来那些有意无意的关注早已经在年年月月的时光中由量变到质变了。

话音刚落，小莫亮亮的眼睛就一点一点黯了下去，说："算了吧潮汐，喜欢他的人多了去了，那个霸王你惹不起的。就算你惹得起他，他那个狠辣的女朋友也饶不了你。"

然后我惴惴窃喜的笑容就僵在脸上了。

原来，季朗是有女朋友的。

二

那天晚上，我在博客上写了许多许多关于季朗的话。写这许多年来这个名字盘旋进我心里的过程，写他的瘦削英俊，写他站在我面前时我极速加快的心跳。

然后坐在电脑前，望着有大片花瓣飞舞的华丽页面，我想起季朗近乎完美的五官，嘴角就下意识地向上扬起。半晌才回过神来，发现文章底下有一条新评论。是那个叫"桑梓"的网友。他说："潮汐，你说的那个小王子，该不会是蓝季朗吧？"

我的心咯噔一沉。这个桑梓，该不会是我身边的人吧？

我的博客名字叫作"寂若潮汐"，可是上面从未提过我的真名叫潮汐。我写季朗的时候，也都是用第三人称代替，并没有公开他的名字。桑梓这个网友我认识一年多了，这么漂亮的博客界面就是他帮我做的，甚至连背景音乐 *Love in December* 都是他帮我选的。他每天都会来给我的日志留言，可是他自己的日志却很少更新。一直以为他只是个远在天边的网友，可是他怎么会知道季朗的名字？

他到底是谁呢？我把我们班的同学挨个怀疑又挨个排除，可是想了一晚上也没想出个头绪来。后来干脆豁出去了，博客的宗旨就是记载心情跟生活，就算被相识的人看到了又怎么样？我就是喜欢蓝季朗，又怎么样呢？

第二天放学的时候，蓝季朗斜斜地靠在走廊上等我。夕阳昏红的光晕打在他的背影上，在墙壁上拓出一个修长的影子。在来往众人探询的目光下，他把那支七彩铅笔递给我，仍是一脸戏谑的笑容。当我的手握住铅笔的另一端，它便搁浅在半空。季朗看着神情紧张的我，说："谢潮汐，你很怕我吗？"

我深吸一口气，终于鼓足了勇气直视他的眼睛，说："原本是不怕的。可是从今天起，我好像开始怕你了。"

"为什么？"季朗一怔，诧异地挑眉。

其实学校里谁不知道我谢潮汐是出了名的大方得体，就算作为主持人参加市里的校园文化节的时候我也没有半点慌张。可是不知道为什么，每当我近距离面对季朗的时候，便会有种手足无措的感觉。我看着神情微怔的季朗，微低了头，说："你的政治很差唉。有时间的话，我给你讲讲吧。"

季朗又是一怔。

我绞着制服的衣角，脑袋里跳出那句经常出现在电视剧里的至理名言，不管结局如何，幸福总是要靠自己争取的吧。想到这里，脸颊就刷一下红了起来。

空气里弥漫起一阵诡异的沉默。站在对面的季朗半天没有声音。我蓦地抬头，只见夕阳晚照的余晖里，季朗直直地看着我，乌黑的眸子瞬间掠过一丝动荡。

“补习是吗？那就从今天开始吧。”四目相对的瞬间，季朗飞快地调转目光，双手随意地插到裤袋里，悠悠然地朝楼梯口走去，背影挺拔得像株英俊的小白杨。

我呆住片刻，加快了脚步跟在他身后，唇角莫名地扬起一丝笑意。十几年来，我从来未曾体验过这种感觉。原来踩着一个人的影子，默默地跟在他身后，是这样幸福的一件事情呢。

细碎的甜蜜，就像清澈的晚风一样灌满胸口。

三

穿过空旷的操场走出校门，站在路灯昏黄的街角，季朗忽然停了下来，低头专心看他影子的我来不及刹车，猝不及防地撞到他背上。

季朗回过头来看我，脸上若有若无地挂着一丝诡计成功后的微笑，说：“谢潮汐，你真的要为我补习吗？如果你只是随口说说的，那么现在反悔还来得及。”

季朗真的很瘦，瘦到脊背的骨头都有种鳞次栉比的感觉，我捂着被撞得微疼的额头，反问说：“我为什么要后悔？”

话音未落，季朗忽然一把将我拉到身边，眼睛直直地看着我身后的方向。我顺着他的目光看过去，只见几个小混混模样的人七扭八歪地站在我刚才站过的地方，眼神斜斜地看着我们，手里还握着几根棒球棒。

这种阵势我只在电视上见过，我下意识地往季朗身边靠了靠。季朗不动声色地把我拉到身后，神色悠然地望着前方。

“呦，季朗少爷也有落单的时候啊。”领头的高大男生晃晃悠悠地走过来，用手掌一下一下地拍着球棒，咬牙切齿地看着季朗。走近了，看到我，咧嘴一笑，说：“这小妞长得不错啊。可是，你就不怕林娜废了她啊？”

林娜。这个名字乍然入耳，竟然有微微刺痛的感觉。看来顾小莫说的是真的，季朗真的有个叫林娜的女朋友。听说她从初中开始就跟季朗在一起了，长得很漂亮，打架抽烟样样精通，但凡靠近季朗的女生，不出两天都会被她找人扇耳光。

方才的最后一节自习课上，讲完这些，小莫问我：“潮汐，你还打算喜欢季朗吗？”我托着下巴，用我转数有限的脑袋想了想，说：“如果被扇几个耳光就可以继续喜欢季朗的话，那么，也是值得的吧。”听了我这么没出息的回答，小莫狠狠白了我一眼，直到放学都不肯再跟我说话。

“秦浩然，你上次没被我修理够吗？今天我没时间，要报仇的话明天过来，我一定奉陪。”季朗听到林娜的名字，脸色一黯，冷冷地说。

“呦，你看，季朗少爷嘴还真硬呢！兄弟们，那咱们也别跟他客气了。”那个叫秦浩然的男生表情夸张地说，手一挥，他的手下就一步一步地围了过来。

我忽然笑着猛拍季朗的肩膀，很大声地说：“你看吧，我就说他们会上当的！”

季朗跟对方都是一愣。

我望了望旁边黑暗的小巷，说：“你们都出来吧，他们跑不了了！”秦浩然他们下意识地顺着我的目光望去，神情立马慌张起来。看来在香港黑帮片里学的这招“虚张声势”还是很好用的嘛。

就在这个时候，我握紧季朗的手，用破一百米短跑纪录的速度，飞一样朝相反的方向跑去。

夜晚冰澈的空气掠过鼻息，原来冬天的味道这般沁人心脾。我紧握着季朗的手飞奔在夜晚无人的街道上，忽然希望可以一直跑下去，跑到我们都老了，跑到天长地久。

不知道跑了多久，季朗拉着筋疲力尽的我走进旁边的KFC，看着瘫倒在桌子上的我，拍拍我的头，说：“小孩，看不出来你还很滑头哎。”

我咧开嘴，给他一个大大的笑容，气喘吁吁地说：“电影不是白看的嘛。”

季朗把一杯冰橙汁放到我面前，说：“谢潮汐，我刚才给过你机会反悔的，可是你没有那样做。那么，既然你进入我的世界里了，我就不会再让你离开。”

我望着季朗忽然认真起来的眼神，倏地一怔。我说要帮他补习政治，原本就是在为自己找一个接近他的借口。只是我没想到，季朗竟会这么配合我，还说出这些模棱两可的话。不会再让我离开？这句话是什么意思呢？听起来好重啊，重得好像一个承诺。

季朗看我呆呆地望着他，又像拍小狗一样拍拍我的头，说：“喂，说实话吧。刚才你是为了牵我的手才那么做的吧?”

想起他手掌的热度,我的脸又像火烧一样红起来,低头大口地喝橙汁,不敢再看他的眼睛。半晌才喃喃地说:“我哪有。”

然后季朗就再一次牵起我的手,说:“谢潮汐你不着急回家吧,我们去荡秋千好不好?”

那天晚上,我在博客上写道:“纵使有一天我会像电视剧中的女主角一样失忆了,忘记了曾经的所有,我也一定不会忘记今晚。因为他给我的快乐,无人能及。”

离开KFC以后,季朗真的带我去公园荡秋千。原来飞翔在空中时看到的星空是不一样的,季朗在我身后说:“谢潮汐,其实我注意你很久了,你知道吗?可是跟我在一起会遇到很多困难。我没有把握让你幸福,你明白吗?”

我荡起双腿,感觉整个人都要飞到月亮上去了。我回头,微笑着引用了一句政治书上的话,说:“实践是检验真理的唯一标准。我们一起试试看,好不好?”

四

很快我就知道,季朗所说的困难是指什么。不久之后,传说中的林娜便找上门来。

那时正是体育课,小莫正指着邻班的帅哥跟我咬耳朵,她说:“潮汐你看，梁桑明在看我呢。他该不会是看上我了吧？”

我推了一下她的头，揶揄着说：“梁桑明可是一小公子啊，天天坐A6上下学，情人节那天收到那么多巧克力都面不改色。他喜欢你的几率大概跟中六合彩差不多吧。”

在我的严重打击下，小莫扁扁嘴刚想反击，目光却忽然僵住了，直直地望着我身后，眼神凝重起来。

我回头，看见一个穿长靴和短裙，头发染成酒红色的女生带着一大帮女生，正虎视眈眈地看着我。

那个女生皮肤白皙，直发熨帖地垂在肩上。她化了淡妆，涂了睫毛膏的睫毛在脸上映出纤长的影子，是个不折不扣的美女。我看着自己身上的运动服，心底莫名地生出一种自卑感。小莫上前两步，挡在我身前，说：“你是林娜吧？潮汐跟你没什么好说的。”

林娜上前一步，动作利落地挥了一巴掌在小莫脸上，扬着下巴说：“你算什么东西，轮到你说话？”

小莫捂着脸，怔怔地看着她，眼泪无声无息地流了下来。我不动声色地看着林娜，终于明白没有女生敢打季朗主意的原因了。单凭气势，她已经可以震住一大半对手。其实她打我无所谓，可是小莫是无辜的。

我走到林娜面前，说：“你今天来找我，是为了季朗吧？你想不想让我离开他？”

林娜见到我这个反应，微微一怔，下意识地说：“想。”

“想就别还手！”我一个耳光扇到林娜脸上，她白皙的脸上立刻浮现出一个五指红印来。就在暴怒的林娜马上要扑上来的时候，我的余光忽然瞥见一个熟悉的身影。

季朗面无表情地看着我们,目光冰冷得好似十二月的霜雪。

五

我在学校跟人打架的消息很快传到老师跟家长耳朵里。对于刚升入高三的优等生来说,一点点风吹草动也可以引起大人们的高度警觉。在被他们轮番训话之后,我才想起,季朗已经好多天没有让我给他补习了。于是在深夜里发短信给季朗,我说:“你在哪里,我们明天见面好不好?”

季朗没有回复,打电话过去也没有人听。我的心渐渐凉下来。是不是因为我打了林娜一耳光,他就要放弃我了呢?

我打开电脑,大篇大篇地写博客,我说他如果不喜欢我,为什么要对我说那些话呢?可是如果他喜欢我,又为什么要对我这般若即若离呢?

那个叫桑梓的网友居然也在线,他回复说:“也许,他有他的苦衷吧。”

我给他发站内消息,说:“你到底是谁?”

桑梓迅速下线。没有回答。

第二天,季朗没有来上学。我满世界地找他,却始终一无所获。好容易挨到放学,走在回家的小路上,我身后传来有特殊节奏的脚步声。我猛地回头,以为可以看到季朗。

昏黄的灯光下，我的笑容僵在唇边。站在我身后的人不是季朗，而是林娜。

寒冬凛冽的晚风里，林娜解开羽绒服和围脖，指着刺了字的锁骨给我看，说："谢潮汐，我能为了季朗留下一辈子的印记，你能吗？我甚至能为季朗去死，你能吗？"

我瞠目结舌地望着她的锁骨，忽然不知道该怎样回答。不难看出那是真正的刺青，是用针蘸着颜料一下一下刻上去的，蕴含了多少刻骨铭心的疼痛。

只见她白皙的皮肤上明晃晃的刺了四个字，我爱季朗。

猝不及防地，林娜忽然跪在我面前，带着哭腔说："谢潮汐，从来没有一个女生，能让季朗对我说出分手二字。我求你了，你把季朗还给我，好不好？好不好？"

我愣在原地，只觉脑中一片空白，用尽全身力气把林娜扶起来，转身逃一样朝家的方向跑去。眼泪洒在风里，胸口剧烈地疼了起来。她很爱季朗，我感觉得到。可是我呢，我就不爱他了吗？

我疯狂地发短信给季朗。说政治书上的知识点，说天气，说考试，说以后的理想。仿佛只有这样，我才可以证明自己并没有被林娜动摇。

桑梓在我的博客上留言，说："放不下一段感情的原因有许多种。也许他是喜欢你的，可是他却有不能辜负的人。"

坐在黑暗的房间里，看着大片花瓣飞舞的界面，我忽然有种奇怪的感觉，这个叫桑梓的人会不会就是季朗呢？若非如此，他又怎么会这么了解我呢？

于是我再一次发站内消息给他，说："季朗，明晚六点，我在KFC等你。"

政治书上强调的是辩证唯物主义。可是我现在却成了一个唯心主义者。有些事，是不是只要自己相信，便可以真的实现呢？季朗，不要放弃我，也不要让我放弃你，好不好？

六

坐在KFC靠窗的位置上翘首望着车水马龙的街道，回想着第一次与季朗坐在这里的情景。他把一杯冰橙汁放到我面前，说："谢潮汐，我刚才给过你机会反悔的，可是你没有那样做。那么，既然你进入我的世界里了，我就不会再让你离开。"

我叹口气，蓦地抬头，发现对面的位置上不知道什么时候坐了一个人。五官英挺，眸子漆黑，细碎的刘海垂在额前，竟是锦绣一中有名的小公子，梁桑明。原来他就是那个桑梓。我竟然中到了六合彩。

"对不起，让你失望了，我不是蓝季朗。"梁桑明递了一杯可乐给我，淡淡地说。

就在这时，梁桑明身后的玻璃门被推开，一对般配的男女走进来，女生甜美的笑容刺痛了我的眼睛。正是季朗和林娜。

仔细算来，我已经有一个月没有见到季朗了。他似乎比以前更加瘦削，英俊如昔的脸庞微微有些憔悴。他转头望向我这里，看到我跟梁桑明，倏地一怔。

不知道出于什么心理，我故意露出一副如花的笑靥对梁桑明说：“梁桑明，你跟梁朝伟是亲戚吗？眼神都一样深邃呢。”

梁桑明一怔，好看的脸上浮现出一丝笑容，说：“谢潮汐，谢霆锋是你亲戚吗？演技不错哎。”

也许我们都说了很冷的笑话，所以谁都没有笑。余光瞥见季朗抱着一个外带全家桶跟林娜并肩走出大门，我的眼泪就像潮水一样涌出来。

当我伏在桌上哭泣的时候，在网上认识一年多的梁桑明就走到我身边，握紧了我的肩膀，说：“谢潮汐，跟我在一起吧。我不会再让你哭的。”

七

就像风暴过后的海面，一切尘埃落定之后，生活渐渐平静下来。高三的日子就像传说中一样紧张，黑板上的倒计时每天都在减少，看得所有人心惊肉跳。

我跟桑明在一起的消息曾经轰动一时，当时是以两米为半径传播的，现在早已不是新闻。季朗与林娜仍是远近闻名的一对情侣，尽管季朗的政治成绩已经进了单科前十名。

可是一个校园能有多大呢？我总是不可避免地与季朗狭路相逢。每当他站在离我很近的地方眼神疼痛欲言又止的时候，我就会强忍着多看他一眼的冲动，头也不回地绕过他。

考前动员会上，高三的年级主任让我们一个一个走上讲台慷慨激昂地说自己的理想。

桑明身姿挺拔地站在讲台上，轻描淡写地说："我的理想，就是跟谢潮汐一起考到北大去。"

在众人艳羡的目光里，我暗自握紧了拳头，指甲几乎要嵌到肉里去。

可是又有谁知道，我的理想，就是像萤火虫一样一生只有一次真爱，只为一个人发光，只为一个人神伤。所以我想我始终无法全心全意地爱上桑明，即使他让我感动，让我受宠若惊，让我一次又一次地下决心要忘记过去，可是只要一想起蓝季朗，我心底的伤便隐隐疼痛起来。

八

报志愿之前，我跟桑明都估到六百多分。他的神色忽然小心翼翼起来，说："潮汐，你报哪里？"

我呆呆地看着他，一瞬间的犹豫，没有回答。

桑明把空白的志愿表指给我看，说："你想填什么就填什么吧，我照着抄一份就好了。"

也许桑明他是知道的。高考之后的第二天，季朗曾在我的博客上留言。埋到身体深处的回忆就一点一点被唤醒了。季朗说：其实那时候我并不是故意要躲着你的。林娜是个太过激烈的女孩子，当我第一次说要离开她的时候，她在锁骨上刺了我的名字。当我第二次说分手的时候，她割破了自己的左腕。

当我终于说服她放手的时候，当她答应陪她过完最后一个生日就放我走的时候，你选择了桑明。

谢潮汐，对不起，我终究，错过了你。

没开灯的房间，我望着博客上的大片花瓣，眼泪打湿了键盘。

我想我最喜欢的人始终是季朗。不然也不会被他的拒绝伤得体无完肤，心碎成灰。

可是我又能怎么样呢？世界上除了他，谁还有这样的本事，只用一个最简单的微笑，便可让我枯木逢春。可是谁的青春不曾留下遗憾呢？也许林娜才是最需要季朗的人吧。就像桑明需要我一样。

时间是无法回头的，就像那张志愿表，一旦写下了，就无法再改变。

临去北京之前，我送给季朗一束迷迭香。

它的花语是，留住回忆。

千言万语，便在幽然淡雅的花香中，隐没在最后一个并肩走过的夏天里。

只剩回忆。

信仰者的幸福

也许你要很久以后才会回到这里。

也许那时的你已经忘了曾经刻骨铭心的那些过往。

可是如果你记得那条街，记得我，请你一定手握黄色的菖蒲花回来找我。

它的花语是，信仰者的幸福。

——莫冉

一　乐水街的相遇

我叫蔡丹。我知道这算不上是一个美丽的名字，因为，我算不上是一个美丽的人。认识我的人总是很自然地把我的名字理解成菜单，谁让我胖呢，总是让人联想起跟吃有关的事情。高一那年，英语老师在课堂上为大家取英文名字，轮到我的时候有男生起哄说："她不是菜单吗，英文名字当然叫 Menu 了。"我强颜欢笑，露出一副无所谓的表情。

事实上我喜欢的名字是 Echo。中文意思是回声，希腊神话中的女神，也是三毛的英文名。可是我知道如果我说出这个名字，大家都会嘲笑我的，于是我试着说服自己接受 Menu 这个名字。菜单，不是挺好的吗，利用率多高啊。我就是这样一个胆小而懦弱的人，连一个名字都不敢去争取。

我的衣柜里有许多漂亮的衣服，可是从来不敢穿。丑小鸭穿上公主的礼服是会被人嘲笑的，何况，还是一只胖胖的丑小鸭。如果我不是住在乐水街，如果我没有遇见莫冉，丑小鸭的生命，是不是永远不会有那么多华丽而美好的过往。

第一次遇见莫冉是在乐水街街角的马路边，我独自坐在长椅上，双手捧着一杯避风塘的珍珠奶茶很专注地喝。我在思考自己生存的意义。我的父母对我很好，可是他们经常吵架，总是喜怒无常的样子。心情稍好一点的时候就会给我买很多漂亮衣服，可是这又有什么用呢？再好看的衣服到了我身上也不好看了呀。我在学校没有特别要好的朋友，谁让我们班的女生是单数呢，倘若一定要有一个人落单，那个人理所当然地就是我了。男同学都喜欢拿我开玩笑，我这样胖，可能永远都不会有男孩子喜欢我的吧。仔细想来，我的亲情、友情、爱情都是模糊而遥远的。那么，我存在的意义到底是什么呢？维系父母之间脆弱的感情么？还是被男生当作嘲笑的对象，被漂亮女生当作陪衬？

我，到底，为什么要来到这个世界上？

我就是这样一个敏感而脆弱的人，想着想着，眼泪不知不觉地流成一片海，在冬日微薄的阳光里肆意汪洋奔涌，凛冽的风掠过脸颊，疼痛那么清晰。这时候，忽然有人递过来一张面巾纸，手指白皙修长。我抬头，眼前这个男孩子有着漆黑的眉毛和眸子，淡淡地望着我，面无表情地说：“你哭起来的样子好丑。”

我重重地怔住，他像一个从天而降的精灵，让我来不及换上防备的表情。片刻之后，我伸手接过他手中的面巾纸，倔强地瞪了他一眼说：

"关你什么事。"

我长得丑是我的事,你长得漂亮就可以来多管闲事么?不可否认,眼前这个男孩子的确很英俊,甚至可以用"美丽"来形容,皮肤白皙,眼眸好像黑洞一样深不见底,长而密的睫毛在傍晚冰澈的空气里翩跹如蝴蝶,面无表情的一张脸好像是漫画里穿黑色制服的男主角,棱角分明,带着些许诱惑的味道。

没有想到的是,听了我倔强的顶撞,眼前这个酷似漫画主角的男孩子非但没有生气,反而孩子一样露出清澈的笑容,嘴角扬起好看的弧度,说:"呵呵,好像真的不关我的事呢。可是你不要哭了好不好?不知为什么,我就是不喜欢看见你哭的样子。"

我的心忽然隐秘地跳空了一拍,轻轻抬起一张梨花带雨的并不美丽的脸,怔怔地望着他,看着他灿烂的笑容,忽然就忘记了心中所有的阴霾。心中忽然冒出一个凛冽而酸楚的想法,我可以为了他再也不哭泣了么?我,可以吗?

他收敛了笑容,恢复成面无表情的一张脸,朝我伸出修长的右手,说:"我叫莫冉。"

"我叫Echo。"我的心忽然勇敢起来,他给了我一种被平等对待的快乐。

他冰冷的脸上再次绽放出温暖的笑容,他说:"哦,其实我的英文名叫Narcissus。"

天。竟是一个叫水仙的男孩子。

二　一百封情书的距离

第二天，高一新生入校，整个高二的学生都参加了在大礼堂举办的迎新会。我坐在离舞台很远的位置上百无聊赖地望着天花板发呆。脑子里反复回想昨天那个名叫莫冉的男孩子，他到底是怎样一个人呢？为什么他的表情那么冰冷，却能给我一种异常温暖的感觉？正在兀自出神，台下忽然弥漫着一阵诡异的寂静，然后是女生阵阵的惊叹声。我抬头，原来是新生代表出场。这是我第一次看见深蓝色的校服被穿得这么帅，再定睛一看，看到的竟是那张英俊而熟悉的脸。万人瞩目的英俊而挺拔的新生代表，竟然就是莫冉。

我远远地望着他面无表情的脸孔，心中的惊喜无法用语言来形容。这是一种类似失而复得的幸福。他又一次奇迹般地出现在我的面前。我真的可以每天见到他了么？那么他会不会每天都像昨天那样，在乐水街冬日绯红的夕阳里对我露出灿烂的笑容。

那个瞬间我终于确定，我喜欢上他了。

我，喜欢上这个漂亮得像水仙花一样的男孩子了。

然而这种纷乱的美好渐渐幻灭在台下雷动的掌声中。我环顾四周眼睛发亮的漂亮女生，忽然觉得自己好傻。莫冉他真的很受欢迎。那么，丑小鸭一样的自己，还能期待些什么呢？

不要对他心存幻想，他跟你根本就不是一个世界的人。我在心里一遍一遍地劝自己，隐忍着那种咫尺天涯的疼痛。

不到一个月的时间，高一 3 班的莫冉收到一纸箱情书的消息已经传遍了整个校园。那些弥漫着浪漫气息的信封他从来都是看也不看就扔掉，班里一个喜欢他的女生偷偷替他积攒起来，不过三个星期的时间，那些信和礼物已经积满了一整只纸箱。

我经常能在中午午休的时间听到同班女生眉飞色舞地形容莫冉的英俊与冷漠，眼睛放着光说："莫冉收到的情书少说也有一百封吧，那些女生真幼稚啊，像他那样的人怎么会接受这种告白方式呢？"

旁边的女生推了她一下，说："要是你的话你要怎样向他告白呢？"

那个女生摇摇头笑着说："不告诉你。"然后两个女生嬉笑着追打彼此，银铃般的笑声咒语一样萦绕在我耳边。心中细碎的绝望与心痛，柳絮一样飞扬在我的天空里，轻描淡写，飞花若雪。

莫冉，我们之间，隔着一百封情书的距离。

你有权利喜欢人，可是我，却没有权利喜欢你。

也许你永远也不会知道，那一百封情书里，有一封是我写给你的。

三　我可不可以喜欢你

下周一市里要来学校检查卫生，所以周五学校放了半天假让我们大扫除。我和五个同学被分配到操场上去擦单杠，那里离水房很远。

一个男生走到我身边，讪笑着说："'菜单'，你想减肥么？"

旁边的同学心领神会，捂着嘴小声地笑。

我不知道应该如何回答，脸一红，局促地点了点头。

那男生接着说:“你去打两桶水来,包你今天至少减五斤。”他摇了摇手上的空桶,铁皮碰撞成尴尬的声音。

我茫然地接过那两只小水缸一样的铁桶,朝水房走去。身后传来与我同来的两个女生压低了的娇笑声,说:“老师不是让你们男生去打水么?怎么让‘菜单’去打,还一次打两桶?”

那个男生用一副悲天悯人的声音说:“唉,我不是想把这个减肥的机会让给她么?再说,你看她的体形,哪里像女生啊?”

然后是一阵冷风一样的笑声。

我的头忽然垂得很低,不想让人看到我泪流满面的样子。让我去打水本来是无所谓的,可是他们为什么要这样挖苦我呢?我不就是胖一点么,我又做错了什么?

横穿了整个操场来到水房,我艰难地将两只水桶都接满水,重得像N个铅球粘在一起,根本就拎不动。茫然地站在人来人往的水房里,双手在脸上抹了抹,不知擦的是汗水还是泪水。这时,一个熟悉的声音忽然从天边传来,他说:“原来你叫蔡丹。”

我抬头,莫冉指着我的名牌,脸上是发现新大陆一样的表情,冰冷的脸上绽放着温暖的笑容。

我好容易止住的眼泪,再次倾泻而下。所有的委屈与思念,都在如此接近他的时候失去了理智。我狠狠地哭泣,像受伤的小兽一样呜咽。

莫冉,莫冉。为什么要喜欢你。那些嘲笑和讽刺,让我觉得自己更加没有资格喜欢你。

莫冉抬起我的脸,用白皙而修长的手指擦去我脸上的泪,指间冰凉。他轻声说:“我不是说过么,我不喜欢看你哭的样子。是因为这两桶水太沉了么？别哭了,我帮你拿。”

我看着他严肃的表情,忍俊不禁。他居然以为我会因为提不动两桶水而哭泣,我破涕为笑,回想方才他手足无措的样子,忽然间那么幸福。

莫冉提着两桶水稳稳地走在前面,背挺得直直的,被夕阳拓下一个挺拔的影子。我直直地望着他的背影,小心翼翼地踩着他的影子往前走。好希望操场可以再大一点,这条路,永远也不要有尽头。

单杠下面,站着五个目瞪口呆的男女。若非亲眼所见,大概没有人会相信传奇一样的莫冉会帮我提着满满两桶水横穿整个操场。

莫冉把两桶水放到单杠下面,看着面前的三个男生,蹙了蹙眉,说:“打水这种活怎么可以让一个女生一个人干呢?”

那个男生脸一红,直挺着脖子说:“我这是帮她减肥……”

在“肥”字的尾音还没有完全爆破的时候,莫冉已经一拳打在他嘴角。

“败类！让女生干活还废话这么多。”莫冉扔下这句话,拉起我的手扬长而去。

我瞪大了眼睛看着他的侧脸,眼泪又一次奔涌而出。原来书上写的那句话是真的。只有最爱的男子,才能让自己流出最多的眼泪。

莫冉送我回到乐水街,绯红的黄昏笼罩了整座城市,喧嚣的街道忽然变得宁静而悠远,世界仿佛只有莫冉和我,他握着我的手,走向天涯的尽头。走到我们第一次相遇的街角,莫冉甩开我的手,撇着嘴角说:

"以后有人再欺负你你就告诉我。别就知道哭。喏,我说过多少次了,我不喜欢看到你哭的样子。"

火红的云朵翻滚在天际,冰澈的空气让人格外清醒,街边的长椅上凝着薄薄的一层霜。我看着他的眼睛,用我从未有过的坚定语气说:"莫冉,我可以喜欢你么?"

莫冉怔住,脸上瞬间掠过复杂而羞涩的表情,沉默地转身离去。

背对着我走出三步以后,他很大声地说了两个字。

可以。

寥落的黄昏霎时草长莺飞,明媚得像春光弥漫的四月。

莫冉,我喜欢你。

四　刻骨铭心的幸福

幸福在那一天降临到我身边,莫冉,比我小一岁的英俊而冷漠的莫冉,成了我的男朋友。那天被他打破了嘴角的男生曾经幽怨地望着我说:"靠,莫冉是你男朋友也不早说。"身边的女生也会在我经过的时候指指点点地小声议论,我视若不见。从那天开始,莫冉,就是我的全部。

莫冉每天都会在乐水街街角等我,用拉风的赛车载着我,喃喃自语般地说:"你好像比昨天轻了,是不是又背着我减肥了……"寡言少语的莫冉,对着我,总是唠叨得像个更年期的妇女。他不让我减肥的,可是跟他在一起后我的确是瘦了许多,衣柜里的漂亮衣服也越来越合身了。他给了我曾经最缺乏的东西——信心。其实只要努力,胖胖的丑小鸭也是可以变成白天鹅的。

很多时候，我们会在乐水街路边那排梧桐树下散步，他牵着我的手来来回回地走，我望着他的侧脸，纠缠不休地问："莫冉莫冉，你为什么喜欢我？"

莫冉垂下头，睫毛翩跹在我的鼻尖，宠溺地说："其实我也不知道。第一次见到你的时候我觉得你孤单而倔强，第二次见到你的时候又觉得你很脆弱。如果可以，我希望可以永远保护你。"

我垂了头，小声地啜泣。莫冉，感谢你带给我的这些感动，此时此刻的我，愿用整个生命来留住这一刻的美好。

是你让我相信，自己是可以得到幸福的。是你让我相信，得到爱的丑小鸭都可以变成白天鹅。

信仰者的幸福。

五　可是上天没给我这个机会

我回到家的时候天已经全黑了，家里出奇地安静，要不是在楼下看到爸爸的车，我还以为家里没有人。打开灯，看到爸和妈分别坐在客厅的两头，背对背的沉默。妈妈看到我，一把将我拉到身边，指着爸爸的鼻子说："你看清楚你的爸爸，他瞒着我们母女在外面养了一个十七岁的儿子！只比你小一岁啊！在你一岁的时候他就不想跟我们过了！蔡丹，你爸他不要我们了……"

我的脑子忽然一片空白，接着听到爸妈凌乱的争吵声和玻璃碎裂的声音，我跑回自己的房间，无声地哭泣。妈妈说的是真的么？爸爸真的在外面有了别的家庭别的孩子，他真的不要我和妈妈了么？

这时爸爸推门进来，一脸歉疚地对我说："小丹，爸爸不会不要你的。可是，你真的有个弟弟……他母亲不要他了，所以他以后要搬来跟我们一起住……你能原谅爸爸么？"

我直直地望着他，一句话也没有说。

爸爸搓了搓手，低着头继续说："他比你小一岁，现在也在你们学校读书，只是之前他妈妈一直不肯让我见他……这是他的照片。"爸爸从怀里掏出钱夹，左边的照片是我，右边的是一个英俊的男孩子，有着漆黑的眉毛和眼眸，皮肤白皙，鼻梁直挺。

我如遭雷击。忽然失去了呼吸的力气。

莫冉，你叫 Narcissus，我叫 Echo，曾经以为，我们的名字证明了我们的缘分。可是直到现在我才明白，希腊神话中的名字只是证明了你我注定的擦肩而过和无处可逃的悲剧结局。

请你相信，我曾经真的想要爱你一辈子的。可是，上天没给我这个机会。

唯有离开，我才可以掩耳盗铃地相信，自己真的可以爱你一辈子。

这便是，信仰者的幸福。

六　回声与水仙的希腊神话

希腊神话中，宙斯的妻子嫉妒女神 Echo 的美貌，于是让她说不出话来，只能重复别人说过的话语。有一天，这个女神在溪边散步的时候爱上了一个美丽的男子 Narcissus，他有着比女神更美丽的面容。

可是 Narcissus 很骄傲，很粗暴地推开了不会说话的 Echo，令她伤心欲绝。

宙斯为了惩罚他，令他爱上了自己在水中的倒影，最后落入水中淹死，变成了一株美丽的水仙花。

莫冉，原本以为我们的故事会有一个完满的结局。可是这是上天注定的悲剧，我们在劫难逃。

蔡丹走了。听她爸爸说她带走了衣柜里所有的衣服和所有的证件。这样寒冷的冬天，她能去哪里呢？那天晚上我哭了。那是我此生第一次为了一个女生流泪。

你曾经说过，是我给了你信心，让你可以勇敢地面对这个世界。可是你现在为什么要放弃呢？为什么你不相信我们是可以得到幸福的？

其实很多事情都搞错了。你爸爸的亲生儿子，你的弟弟，在很小的时候就已经夭折了。我的姑姑为了报复你爸爸，让他永远觉得内疚亏欠，便将我的照片当成她儿子的照片给了他。

你为什么不肯给我机会让我解释清楚？你为什么不相信自己是可以得到幸福的？

我现在只好独自守望在乐水街的街角，在这个城市一成不变的晨晨昏昏。我相信总有一天你会回来的，我相信总有一天我可以像以前一样亲手擦干你脸上的泪水。很多时候，我们缺少的仅仅是一点信心，不是吗？

也许你要很久以后才会回到这里。

也许那时的你已经忘了曾经刻骨铭心的那些过往。

可是如果你记得这条街，记得我，请你一定手握黄色的菖蒲花回来找我。

它的花语是，信仰者的幸福。

我的歌声里

也许所谓的幸福结局，就是抱着永不放弃的希望，继续前行。

所以，无论是在不远处看着你幸福，还是站在你身边给你幸福……对我来说，都是可以称为“永远”的事情了。

——题记

一

一窝蜂似的人群里，我正仰着脖子看学校公告栏里张贴出来的新班级成员名单，手机就丁零零地响起来，是秋思的短信，她说：“阿若，真开心下个季度我俩还在一个班里。看来我这年级前一百的成绩还挺稳定的嘛。”

我用手机发短信的速度几乎可以媲美键盘打字，飞快回道：“可惜白瞎了我这年级前十的好苗子啊。”

刚按完发送键，身后就传来熟悉的嘟嘟声，紧接着秋思一巴掌拍在我肩膀上，说：“年级前十有什么了不起的？你看看人家安斌，三百开外的不一样被分到了A班？”

听到这个名字，我微微顿了一下，然后嘻嘻笑道：“人家上头有人，咱这小老百姓可比不了。”

秋思嘿嘿一笑，转身拉着我的手往人群外面挤，一边杀出一条血路来一边跟我八卦说：“哎，话说你有没有看见校内网上安斌和林琳的照片啊？这大高三的，两人成天去各种西餐厅吃饭，那小情调，啧啧，可真是浪漫啊。”

我跟在她身后没有说话，只是回头又看了一眼公告栏。安斌的名字就写在我旁边，我在心里默默念着：杜若，安斌……杜若，安斌……可是除了我自己，好像从来没有人把这两个名字放在一起过，渐渐地我也忘了，自己也曾在高二数学课的草稿纸上一遍又一遍地写过这个名字。

这时秋思忽然狠扯了我胳膊两下，声音里有种讪讪的兴奋：“阿若快看，那不是安斌和林琳吗？两个人怎么穿情侣装来上学啊？教务处怎么也不管管！不过，这两个人穿成这样还真是很养眼啊……”我抬头望了片刻，目光沉默而离散，终是低下了头不忍再看。

秋思是白羊女，想什么就说什么，敢于直面自己的内心，其实比我有勇气得多。这时她又说：“对了阿若，林琳跟我们分到一个寝室了你知道吗？其实我挺嫉妒她的，年级前一百的成绩，长得又好看……还有安斌那么拉风的男朋友，你说我每天对着这么个人，会不会影响我的学习成绩啊？”

我怔了怔，然后扑哧一下笑出声来，说：“应该不会吧。……你每天对着镜子，也没见你成绩下降啊。”

秋思顿住几秒钟，这才面露愠色，两手抓住我的胳膊刚要往一块儿拧，这时身后忽然传来一阵爽朗的笑声，那人仿佛离我们很近，笑得很是真挚，他说：“哈哈哈，以前没看出来，杜若你说话可真逗啊。”

我认得这声音，怔了怔回过头去，果然看见安斌一张棱角分明的脸。许久未曾这样接近地端详，有那么一刻我的心真的狂跳起来。一直觉得他脸庞的线条是无可挑剔的，笑起来的样子依然很有棱角，皮肤不算白也不算黑，所以不算太娘也不算太憨。他就是这样，一切的一切都让人觉得恰到好处。

只是这时，他身边站着与他穿着情侣装的高挑美女林琳。

而我这刚过一米六的小身高，还穿着平底鞋，站在他俩面前想不觉得渺小也难，不过好在脑子转得够快，虽然这是安斌第一次跟我说话，虽然我惊讶地发现他竟然知道我的名字……可是这一刻我并没有失态，反而仰着脖子笑了笑说："一般一般，勉强维持吧。"

安斌又是一顿笑，转过头去笑眯眯地看一眼林琳，说："你看，学习好的女生里，像杜若这么好玩的可真是少见啊。"

这时秋思也缓过神来，赶紧颇为自豪地说："我们杜若没什么优点，就是脑子灵。有她在，什么话都不带掉地上的。"

我索性让此番诙谐的形象深入人心，很配合地嘿嘿一笑，学着小沈阳的语气说："掉地上干啥啊？再整埋汰了。"

这三个人也是笑点低，听了这话，站在那前仰后合老半天缓不过气来。身边同学纷纷用不解的目光看着我们，大概在想，这四个八竿子打不着完全不是一个范儿的人怎么会凑到一起了呢？

其实连我自己也没有想到，我竟然会跟安斌面对面地站在一起，还能在阳光底下肆无忌惮地逗他笑。

那天晚上我很晚才睡，躺在床上一遍一遍地回放他的一颦一笑，心想这一次的分班，真是害惨了我。也许在高三这个时候，真不该让安斌这种祸害靠近我。

二

林琳果然跟我们分到了一个寝室。秋思最恨她每天早晨刚起床说的那句“不嘛，我不要起来”。

“你说她以为自己是林志玲还是怎么的？说话那么嗲！女生寝室也没男生，她发嗲给谁看啊！”吃早饭的时候，秋思愤然咬了一大口肉夹馍，说：“本来以为她人挺大方的，跟她当室友也还可以，可是谁知道她每天早晨都让人家鸡皮疙瘩掉一地，吃饭都倒牙！”

我安慰道：“其实林琳也算24中少女的典范了。不算太用功，成绩又很好，长得挺水灵，还有一个超帅的男朋友……你就让着她点嘛。”

可惜我这话完全没起到安慰的作用，甚至有点煽风点火。这时秋思一拍桌子，我估摸她的手心肯定默默红了，愤然说道：“气就气在这里啊！凭什么好事都被她占了，说话还这么嗲！”

秋思数学不好，思维果然没什么逻辑性可言，我正要跟她掰扯一下“好事都占了”和“说话嗲”这两者之间的关系，这时桌面上忽然出现一包热腾腾的KFC早餐，我俩对视一眼，然后一起仰脖往上瞅，安斌的笑脸在清晨喧闹的食堂里格外明媚，他说：“伸手不打笑脸人，这是我的见面礼。二位姐姐，我有事情想拜托你们。”

秋思忍不住把KFC的袋子搂过来看了看，我觉得她这个举动十分没出息，显得我们太好收买，于是我咳了两声，说：“哭脸的人我们也不打。你虽然笑着，可你也不能强人所难。”

安斌在秋思对面坐下，笑眯眯地看着我，他的眼睛十分漂亮，狭长的凤眼却不见女气，身材适中，肩膀也宽，与现在那些“男生女相”的奶油小生们很是不同，秋思曾经总结性地说过一句话：安斌这个长相，上到80岁老太太，下到8岁小孩，全都可以接受。人家这是标准的英俊，典型的帅，与当今的审美流变无关。

可能是我看他的眼神暴露了自己花痴的本质，安斌忽然把小太阳一样的脸凑过来，简直要把我晃晕了，他说：“杜若你人缘好，能不能在寝室里帮我照顾一下林琳？她那小孩儿脾气，得罪了人也不知道。”

我的嘴唇无声地开合了一下，然后我听见自己笑嘻嘻的声音：“我尽量吧。不过，巧妇难为无米之炊啊……”

安斌秀眉一挑，疑惑问我：“什么意思？”

我指了指正在被秋思翻出来啃的肯德基早餐，正色说道：“以后这种东西要常有，我也好下手。”

安斌愣了一会儿，又哈哈笑起来，说：“杜若你这人说话太有意思了。就冲你这性格，就是不找你帮忙我也得给你买好吃的。”说完他站起身来，把浅蓝色的阿迪包往身上一甩，风风火火地就往食堂门口走了。

十秒钟后他又折回到我视线里，说：“哎，杜若，我给你介绍个男朋友吧？”

彼时我正拿着一个早餐汉堡要往嘴里塞，听了这话整个人僵硬住了，嘴角抽了抽，用英语填空题里常考的一个短语回答道：“No,

thanks。”

他歪歪头：“Why?”

我答：“因为我眼光高，凡夫俗子恐怕不能入我法眼。”

安斌耸耸肩膀就走了。连背影都那么帅。

这天下午的自习课，我手里的数学练习册一页都没有动。早晨所发生的一切一遍一遍在我脑海里反复回放。他的每一个动作，每一个眼神，每一句话……我不由自主地反复思量。

晚上在寝室用笔记本上校内网，系统提醒有一条新的好友申请，点开来看，竟然是安斌。

曾经多少次用秋思的号围观过他的网页，作为24中的风云人物，他有上万的访问量也不出奇，只是从没想到有一天他竟然会主动加我。这种受宠若惊的想法让我觉得自己既可悲又可怜，顺手点过去，果然看见他和林琳在papa's吃饭时用iphone拍的照片。

朦胧的灯光，铮亮的餐具，俊男美女，秀色可餐。

这时右下角的在线聊天功能丁零零一响，是安斌发来的即时消息，他说：“你去看我好友里有个叫叶扬的，他很不错的，一般人我还不给介绍呢。”

我回：“你电话多少？”其实我并不否认自己是找借口想要他的电话。

半分钟后，我的电话响起来，陌生的号码，没想到竟然是安斌。我佯装生气地一顿臭骂：“你说你是不是脑残啊，哪有大高三给人家介绍对象的?”

安斌很无辜地说:“其实我就看你说话挺有意思的,感觉你能开解一下我那哥们忧郁的性格。”

这一刻我忽然想起来小时候看过的一个郑秀文演的香港电影,好像叫作《孤男寡女》,刘德华给郑秀文介绍男朋友,她拗着脖子问他:“你是不是真的要我去?”

刘德华说是,然后她就真的跟黄浩然演的金龟婿在一起了。

但她心里是喜欢刘德华的,电影的结局是有情人终成眷属。

我是一个不喜欢把生活弄得很戏剧化的人,可是这一刻我听见自己回答他说:“那好吧。冲你的面子,我就见一见吧。”

那样的一个夜晚,也许是月光影响了荷尔蒙……也许是潜意识里我觉得这是自己接近安斌的一个理由。

就这样,我认识了叶扬。

三

叶扬长得很精致。白皙斯文的那种,跟安斌的帅气英俊不太一样。

林琳也是个很八卦的人,对安斌要给我介绍对象这件事抱以十二分的热忱,所以她那天晚上请我和秋思吃饭的时候,擅作主张叫来了叶扬跟安斌。我第一眼看见叶扬的时候,心想这人眼睛放光,怎么会是个忧郁的人?

秋思拽了拽我的袖子，小声说道：“哎，她怎么不跟你说一声就把叶扬叫来了？——不过倒是挺帅的。”

我安抚她道：“没事，姐是见过大场面的人。”说完我抬头看着叶扬，说：“你好，我叫杜若。”

他的眼睛亮亮的，虽然漂亮，可要比安斌女气一些，忽闪忽闪地看我一眼，一点儿不怯场，嘻嘻笑道：“杜若是一种中药吧？名字挺好听的。”

我见他这么大方，自然更不能露怯，说：“嗯，人如其名，专门治病的。”说完我看了一眼安斌，说，“你哥们说你性格忧郁，合计让我治治你。但是看来我好像被他骗了。”

叶扬转头看一眼安斌，眼神里仿佛包含许多含义，然后他说：“真正性格忧郁的人，都看起来活泼开朗。你看安斌不也一样么。”

林琳和安斌在桌子上十指相扣，我低头吃了口菜，忽然在想自己这个年级前十的优等生究竟是在干什么呢？怎么会在这里当电灯泡浪费时间？

可是既然来了，饭总是要吃。我们几个吃的是老八件，菜有点辣，吃的时候你一句我一句地胡侃，叶扬跟林琳很熟，总是逗她，比如说：“取经的时候你猴哥没跟你说吗？少吃一点，不然更走不动道啦。”

林琳反应半天才听出来叶扬说她是猪八戒，气得要捶他，可是接话这是我的强项，顺口就帮她一把：“反正她师傅骑你去的，不行就一起呗。”

安斌真不愧是笑点低，这种无聊的对话也能乐上半天，搞得我跟叶扬对视一眼，彼此都很无语。

吃完饭安斌象征性地问大家："现在去哪儿啊？"

我瞟他一眼，说："能去哪儿啊？回去上自习呗。"

"今天周六，你不回家啦？"他很诧异地问我。

我这才反应过来今天竟是周末，转眼都已经两周没回家了。安斌到底是上头有人，竟然被允许开着一台大众速腾来上学，他掏出车钥匙朝叶扬使个眼色，说："我送秋思和林琳。叶扬，你送杜若回家吧。"

拎着我从寝室收拾出来的足有七八公斤重的大书包，叶扬这一路走得想必十分艰难，但是他始终坚持着对我强颜欢笑，我们两个把从施瓦辛格离婚到数学老师生痔疮的话题都唠了一遍，最后他说："杜若，你这人真挺有意思的。"

"你这是在夸我吗？"我斜眼瞟他，"我宁愿你赞我貌美如花。"

叶扬说："夸你貌美如花那也太假了点。其实安斌给我介绍过不少辣妹，在这方面你算是最一般的一个了。"

我听了这话，手起刀落，一个麦当劳甜筒丢过去。叶扬侧头一躲，左脸蹭上了一点冰激凌，看起来倒是很可爱，他用手背擦了擦，面部表情有些严肃地对我说："开玩笑的，别生气啊。"

然后叶扬转身一个人往前走了，背影有些冷冷的样子。

这时已是晚上9点多，这条路上行人不多，我身后的位置本来是我的小学，现在拆了正在盖楼，广告牌围得密密实实，画着一家三口其乐融融的场景，上头写着："黄金地段，优秀学区……"我跟男生接触不多，也没遇到过这种情况，一时不知道该怎么办好，只能默默地跟在他身后，低着头走路。

走着走着，忽然撞到了什么东西，我抬起头，脸上忽然一凉，原来是他把手上的冰激凌尽数蹭到了我脸上，叶扬一副得逞了的表情，居高临下笑嘻嘻地看着我，说："你咋不来哄我呢？真不会办事！"

丁香花的味道弥漫在四周，晚上的空气有点凉，夏末秋初的好时节，我此刻仰头看着他闪闪发亮的眼睛，不知怎地，莫名地心中一动。如果此时此刻，站在我面前的人是安斌……会怎么样呢？

我会不会不顾一切地抱住他，告诉他有个傻女孩已经偷偷喜欢他很久……曾经几百次地偷看他的网页，在放学以后偷偷跟着他回家……在草稿纸上一遍又一遍地写他的名字……

可是此时此刻，站在我眼前的是一个只见过一次的陌生男孩。对的时间，对的地点，对的气氛……可是唯独人是错的。

虽然他长得也很帅，眼睛明亮如星子，说话很逗跟我有得一拼……

可他终究不是他。

然而就在这时，忽然有人双手捧起我的脸颊，我眼睛里映出叶扬精致英俊的脸庞，轻轻吻向我的脸颊……

这一刻，我闻到麦当劳甜筒的奶香……还有他身上淡淡的青涩的男人味……他的吻从我脸颊蔓延到唇边……我的呼吸紧张起来，心跳得很快很快，可是竟然没有推开他……

高三才初吻，这对很多女生来说已经是不能理解的事情了吧。我只是想知道接吻的感觉……虽然我更想知道，如果此时此刻站在我面前的人是安斌，我会不会幸福得快要死掉……

可惜世界上的事情，统统没有如果。

时间，永永远远也不能回头。

绵长清浅的一个吻。叶扬牵住我的手，一边往前走一边很淡定地说："我的确是个挺忧郁的人，所以想跟你这样有意思的女生在一起。做我女朋友吧。"

这是我第一次听到有人跟我说出电视上那种对白，还是一个挺帅的男生，不由有些无所适从，正嗫嚅着不知道该说什么，叶扬用食指抵住我的鼻尖，说："不许拒绝我。不然过这村可没这店了。"

我抬头看他，说："有意思有什么用啊，也不当饭吃。"

叶扬说："那长得帅有什么用啊，也不当饭吃。难道我就没优势了？"

我忍俊不禁，捶他一下说："臭不要脸的，谁说你长得帅了。"

这时他忽然抱住我，不算太松也不算太紧，像温温的水一样让人感觉很舒服，他指着我身后的房地产广告牌说："我处过很多女朋友，曾经甩过别人，也被人甩过……可是你是第一个，让我想安定下来的女生。"

不可否认，我是个偶像剧看多了的女生，对爱情也有跃跃欲试的冲动和不切实际的幻想，听到这些话，脸会红，心会跳，虽然有种惴惴不安的感觉，却也说不出拒绝……只是我脑海中忽然闪过安斌的影子，我想起郑秀文在《孤男寡女》中拗着脖子问刘德华："你是不是真的要我去？"

不知出于何种念头，最后我说："好吧，我们试试看吧。但是你不许影响我学习。"

叶扬笑得眼睛弯起来，说："没事，如果你考不上好大学，大不了我养你一辈子。"

四

叶扬就这样成了我第一个男朋友。

后来才知道，叶扬是隔壁中学的著名校草，家境跟安斌差不多，也属于"上头有人"那个级别，不过难得的是他学习成绩很好，不像安斌，总要靠"上头有人"才能分到A班。

渐渐地，很多人知道我是他女朋友，背地里羡慕嫉妒恨，当着面冷嘲热讽。我是见过大场面的人，对此也算甘之如饴。

叶扬是个很好的男朋友，时常会做出一些很浪漫的小细节，比如有一次全市高三学生一起参加一个活动，他逃出队伍跑来陪我坐车，这时广播响起：请各位乘客带好您的贵重物品下车。

他当着众人的面拍拍我的头说："走吧，贵重物品。"

小女生的虚荣，可以在他身上得到全部的满足。我没有谈过恋爱，也不知道谈恋爱应该是什么样子，但我渐渐习惯了有一个人陪在我身边的日子……我想，也许这个人是不是安斌，其实并不重要。

距离高考的时间越来越近了。这时24中发生了一件挺轰动的大事，安斌和林琳这对著名情侣分手了。

秋思又跟我八卦：“哎，阿若你快看啊，安斌的特别好友里没有林琳了，好像这两个人根本就解除好友关系了……你说他俩究竟是怎么了？怎么翻脸比翻书还快啊？”

我点开安斌的网页，无意识地点开留言板，看见我刚跟叶扬在一起之后给他的一段留言。

那时我刚成叶扬的女朋友，进了这个圈子，与安斌的接触自然也就多了。有一次我开玩笑说：“安斌，你把我也加成特别好友怎么样？我可是年级前十的人啊，没准给你带来一点考试运呢。”

没想到安斌是这样回复我的：“不可以哦，我跟老婆说好了，彼此的特别好友都只能有一个，那就是对方。”

其实当时我已经对安斌死心了，毕竟吃着碗里瞧着锅里那不是我的风格，可是没想到当我看到这句话的时候自己的心竟然会那么痛。眼泪不争气地落在键盘上，我知道这样不对，可是没有办法，最后我还是忍不住用悄悄话对他说：“你还记不记得高二上学期的运动会，我跨栏没跳好，摔地上磕破了肩膀，你背我去医务室的时候对我说的话吗？”

当时安斌名字旁边有个绿色的小人，说明他是在线的，可是那一次他许久没有回复我，我心里七上八下的说不出是什么滋味，只是望着他那“老婆”二字默默掉泪。

我以为我跟叶扬处得算是不错了，可是我从来没想过要叫他“老公”。我没想到安斌与林琳之间的感情是这样的，就像我没有想到自己竟然还是没有忘记他。

过了很久，久到我以为他不会回复了的时候……网页丁零零一响，校内留言板上有一条新回复："我只记得十八年前大明湖畔的夏雨荷。"

我笑了，眼泪还没干，心底里无限酸涩的感觉顺着那一滴一滴温热的液体翻滚出来。

他在装傻，这更让我相信他多少是明白我的心意的。

这一刻，他与林琳已经分手，一切都已经物是人非，我将我们之间的留言一条一条删掉，忽然间觉得自己很对不起叶扬，于是我发了条短信给他："睡了么，猪？"

可是他竟然很久没有回复我。叶扬"机风"很好，我短信的回复时间一般都不会超过三分钟。

正当我等得有些忐忑不安的时候，电话响了起来，他有些懊恼地说："宝贝，我正劝林琳呢，可是她不听我的，非要跟安斌分手。"

电话那边非常吵，我有点听不清叶扬的话，打开扬声器才断断续续地听到一句："安斌因为她都哭了，你说她怎么能这样呢？"

挂断电话的时候，我在原地足足站了三分钟一动未动。我知道我不该这样做，可是这一刻我控制不了自己。

思前想后，终于还是拿起外套冲出门去。

五

站在安斌家楼下，他房间的灯盏依稀亮着。

我抬头看了好一会儿，掏出手机发了条短信给他："在做什么？在想大明湖畔的夏雨荷？"

他回复得很快，我抬头望着那扇窗，甚至能想象出他在灯下用iphone手写的样子，他说："杜若，你说我是不是很失败？"

我飞快回复："其实所谓的失败，要看跟谁比。你的长相可以跟明星比，家境可以跟富二代比，学习成绩可以跟我比……你这样的要算失败，多少人都不能活了！"

安斌说："我不是离不开林琳，我只是离不开那种温暖的感觉。我希望有一个爱我的人在我身边，我希望天长地久……这样有错吗？"

忽然之间，我不知道该如何回答。叶扬很少说他家里的事给我听，有一次喝多了他才提过两句，他父亲跟安斌的父亲在工作上有来往，两人都是位高权重，一年也回不了几趟家，两家都在闹离婚，父母的注意力都不在他们身上。叶扬说："其实安斌性格比我忧郁，我遇到不开心的事会砸东西，跟人打架……而他遇到不开心的事，只会一个人躲在被子里哭，在人前永远是那个不知愁滋味的阳光帅哥。"

入夜了，风多少是有些凉。

我握着手机仰着头，想象着此刻的他会不会正在灯下哭。一想到他那双漂亮眼睛正在流泪，我真的觉得自己心快碎了。可是此时此刻，我又能为他做些什么呢？

这时，他房间里的灯忽然熄灭了。

我怔了怔，说不清是放心了还是失望。背转过身正要往外走，楼梯口传来咔的一声，我下意识地回过头去，依稀看见一个瘦高人影朝我走来，安斌的脸渐渐清晰起来，他微低着头，下颚的弧度柔美得不可思议，他说："大明湖畔的夏雨荷，你来找我怎么也不说一声？"

我大惊："你有千里眼么？怎么知道我在这里？"

他过来拍了一下我的头，说："你怎么那么笨啊？你不想让我知道，就别用 iphone 上校内啊，苹果手机能记录位置你不知道么，拉登就是这么被美国人干掉的啊。"

我仰头看他，忽然间说不出话来。

这时他像个没事人似的说："走吧，一起看场电影去。"

现在想想，那部电影是什么我已经完全不记得了。只记得一路上我们所说的话不多，大片大片的冷场，却并不觉得尴尬。那场电影是午夜场，看完之后整个人都昏昏沉沉的，送我回家的时候他说："其实高二那事我已经不记得了，你提起来，我才恍惚想起来曾经送过一个女孩去医务室。但当时说过什么是一点也想不起来了。杜若，我说什么了？"

我顿住脚步，身后是高高的房地产广告牌，上面画着其乐融融的一家三口，正是叶扬第一次吻我的地方。我侧头望着远处，刻意避开安斌的眼睛，夜晚的风横亘在我们中间，我感觉天就快亮了，这种朦朦胧胧的灰色既给人希望又让人绝望，我说："你当时对我说，你怎么那么笨啊？个子这么小还学人家跨栏，多亏了重心低，不然可要摔惨了。"

安斌一愣，很认真地想了想，说："我有说过这话吗？哎，怎么那么没有同情心。"

我低下头，说："当时我本来就很疼，听了你的话之后就哭了。你很慌地帮我擦眼泪,你说,其实你长得挺好看的,哭起来就不漂亮了。”

安斌一笑,说:“果然是女人啊,把这种恭维的话记得一字不差。”

我的头更低了,我说:“我之所以记得一字不差……是因为我从高一入学的时候就开始注意你了。跟 24 中大多数女生一样,我喜欢你,这也是没什么悬念的事情。”

天仿佛又亮了几分。

风很凉,也很清澈,穿梭在我们身边,四下静寂无声。很长一段时间,仿佛时光静止,我不敢看他,但我可以听见他轻薄起伏的呼吸。

不知道过了多久,久到不敢看他的我刚想抬起头偷偷瞄他一眼……安斌转身背对着我说:“我先走了。再见,杜若。”

六

转眼高考就结束了。拍照,估分,毕业,一切都很匆忙。我依然与叶扬在一起,也依然经常参加安斌和他的女朋友四人饭局。

跟林琳分手以后,安斌换女朋友换得很勤。叶扬说,杜若你看,花花公子都是被女人给逼出来的,掏心掏肺人家不要,从此以后谁还敢付出真心。

我笑了笑没有说话,叶扬自顾自又说:“不过,我真不知道安斌是怎么从林琳的阴影里走出来的。头一天分明还在电话里跟我哭,可是第二天忽然就好起来了,好像有什么更让他感兴趣的事情出现了。”

叶扬低头看我,眼神忽然有些深邃。我想起秋思前几天与我的一段对话，她说："那天晚上有隔壁班的女生看见你跟安斌去看午夜场了，我把那女的给骂了，然后跟叶扬说你那天晚上跟我在一起。这事你自己心里有数就行，他不提以后你也不用解释。"

说完秋思就去忙别的了，她那么八卦的人，却自始至终没有问我关于那晚的一个字。

我想这辈子能遇上她这个好朋友真是值了，就像……我遇上叶扬。

也许所谓的幸福结局，就是抱着永不放弃的希望，继续前行。

所以，无论是在不远处看着你幸福，还是站在你身边给你幸福……对我来说，都是可以称为"永远"的事情了。

高考揭榜，我跟叶扬都考到了北京，据说这两所大学中间只隔一条马路。众人都很羡慕我们，说我们是神仙眷侣。临去北京的前一天，叶扬找了一群哥们出来唱歌，安斌带着新处的女朋友过来，并不是辣妹款，娇小可人型，细看之下竟然有点像我。

我唱了一首新学的歌，名字叫作《我的歌声里》。整个 KTV 里的人听得都很认真，唯有安斌坐在前面玩电脑。

唱完之后我想我明天就要走了，忽然很想过去跟他说几句话，毕竟从那天之后我们再也没有单独联系过。可是这时他电话忽然响起来，他朝我打了个手势就出去接了，我坐在电脑前合计上会儿校内，却看见他没来得及关的 QQ 漂流瓶界面。

我心想安斌怎么这么无聊啊，竟然还玩这个，随手就点开一个他发送的瓶子。这时 KTV 里有人在唱陈奕迅的《十年》。不知道为什么每次听到这首歌都会觉得很心酸。

过了一会儿，叶扬走过来拍我肩膀，看见我的脸时他怔了怔，说："杜若，你怎么哭了？"

我急忙将页面关掉，揉了揉眼睛说："新配的美瞳，有点不对劲呢。"

叶扬二话不说就来抠我的眼睛，一边抠一边说："赶紧把那玩意摘了，有我在你身边，不戴眼镜咱也不怕。"

屋里哄堂大笑，人人都羡慕我俩甜蜜恩爱。

于是，后来的后来，我没有跟任何人提起过，我看到那个同城漂流瓶上写着什么。

"——如果你叫杜若，收到了请回复。再给我一次机会，我一定不会错过你。"

依然爱你

我想我始终无法忘记，很多很多年以前，萧依然曾在草长莺飞的季节双手紧握我的肩膀，说："即使岁月如梭，即使事隔多年，即使我们已经彼此远离，小染，请你记得，依然，依然爱你。"

一　一见钟情

夏末秋初，高中入学。我穿白色的棉布长裙，抱着一叠新发的教科书在操场上招摇走过。萧依然望着我的背影，轻声地问："小染，这是你第一次住校吧，会不会不习惯？"

我踮起脚尖，原地转了一个圈，白色的长裙绽开成香意幽幽的百合花。我笑，说："这里的夜晚，是不是可以听见海浪的声音？"

未等依然回答，我的目光忽然被他身后的男孩子所吸引。他有细长的眉眼，眼神凌乱而飘忽，漫不经心地看我，面无表情。我定定地望着他，忽然没来由地心疼。无法确切形容他的目光，好像冬日冷冷的阳光，慵懒、淡漠、疏离。

他径直从我面前走过，修长挺拔的背影被阳光拉得老长。我怔怔地站着，良久良久，指着他的背影，说："依然，你可知道这个人是谁？"

萧依然顺着我的手指望过去，挑了挑眉，说："哦，他是跟我一届的左岸，高二，学生会主席。"

我点头，心中有什么纠缠纷乱。深吸一口气，海水清新微咸的味道沁入心脾。我开心地笑，挽起依然的手臂眉飞色舞喋喋不休地说："依然，知道我为什么考到这所高中来吗？虽说这里背山面海，景色秀丽，又是市里数一数二的重点……可是，这些都不是最重要的原因。我是为你考到这里来的，从初中到现在，我已经习惯了有你的生活。离开你，我会不习惯。"

依然垂着头看我，脸上的红晕蒿草一样疯长。

我狠拍了一下他的肩膀，说："我看上那个叫左岸的小子了，你一定要帮我！"

依然怔怔地愣在那，半晌才回过神来，说："切！就知道你平白无故这么多好话，一定是有阴谋！可是小染，左岸他出了名的不近女色，你还是不要对他抱希望的好。"

我拉住依然的袖子，说："我管不了这么多了。依然，你知道么，这就叫一见钟情。"

依然淡淡地看我，沉默地望向地面，没有再说话。良久，忽然狠推了一下我的头，说："最讨厌一见钟情了，一点技术含量都没有。"

二　左岸的烟花

入夜。风凉。

寝室的床跟家里的比起来的确有些狭小生硬，我翻来覆去睡不着，索性打开手电趴在床上写日记。认认真真地写出歪歪扭扭的字迹，"来到海边的枫叶一中。开学第一天。遇见左岸。"

窗帘外忽然有五颜六色的火光闪烁，在远方深蓝色的夜空里凝成模糊的光点。我轻声下床，将窗帘掀开一角向外望，原来是有人在海边放烟花。

我莫名地有种冲动，想出去看这场盛放在海边的烟花。于是穿着睡衣蹑手蹑脚地溜出宿舍，心中隐隐地泛着喜悦。

曾经看过一本书，上面说，在深夜的海边放烟花的人，一定拥有无比美好并且寂寞的灵魂。

此时的我，也很想坐在海边看烟花，想念什么人，等待什么人。

我穿着拖鞋，踏着深深浅浅的脚印走在沙滩上，花朵一样的焰火在半空一簇簇盛开，我仰头望天，透过夜晚冰澈的空气，想用眼睛留住这一瞬间的绚烂。我将目光移下，去看那个放烟火的人，心却忽然漏过一拍，被眼前的一幕重重地震撼，连呼吸都忘记。

浩瀚的海边，一个穿黑色制服的少年抱膝坐着，风四起，他细碎的短发凛冽地飞舞。烟火在苍蓝的天空中浓烈地绽放，遮蔽了点点星光。孤单的海，少年寂寥的背影和绝美的焰火一起，定格成我心中难以忘怀的画面。

他感到身后有人，缓缓侧过头来，俊朗的轮廓清晰可见，细长的眼睛漫不经心地看着我。

竟是左岸。我呆呆地望着他，动也不能动。他的背影那样寂寞那样忧伤，我多想，走过去坐到他身边，说："左岸，我叫颜小染。我喜欢你。"

可是没等我鼓足勇气走过去，左岸已经起身离开，从我面前直直地走过。他甚至没有多看我一眼，没有焦距的目光飘忽而冷漠，望向遥远的前方。他双手插在裤袋里，连走路的姿势，看起来都这样孤单。

可是，我怎么能让他就这样走掉。当他走过我身边的时候，我轻声地叫他："左岸。"

他停住脚步，没有回头，也没有说什么。我用尽了浑身的勇气叫出他的名字，却也不知道该再说些什么，一时间没了下文。我们就这样背对背站着，中间隔着一段冰冷的沙滩。我沉默而尴尬，始终鼓不起足够的勇气突兀地对他说喜欢。也许左岸，终究会这样从我身边走掉的。正在怔怔地出神，忽然有人自后为我披上外套，我猛地回头，正对上左岸清秀的脸庞。他的眼神依旧慵懒，却又好像多了几丝温暖，他一字一顿地说："怎么穿睡衣跑出来。这样，会感冒。"

我怔怔地望着他，心里最柔软的地方融化成水，什么话也说不出。

他黑色的外套上淡淡地泛着洗衣粉的香味，沁人心脾。他揽过我的肩，双手白皙修长并且温暖，说："我送你回去。"

我们就这样沉默地走着，我站在他身边，一路无语。我怕一出声，就会破坏这个美好的梦境。

此时，我忽然感到一道熟悉的目光照在我脊背上。我蓦地回头，看见一个人影飞快地闪到树后。

左岸关切地问："你怎么了？"

我摇摇头，说："没什么。对了左岸，你还不知道吧，我叫颜小染。"

左岸笑了，嘴角扬起好看的弧度，他说："我知道，萧依然告诉过我。"

我猫一样满足地眯起眼睛，在心里说："依然，你总算做了点好事。"

走到女生宿舍楼下，左岸忽然握住我的肩将我拉到他面前，四目相对，我脸上的红晕一漾一漾地扩散开来。

他说："小染，你知道今天我为什么要到海边放烟花吗？"

我摇摇头。

他转过身，背对着我说："我在纪念一个女孩。两年前的今天，她离开了我。"

我不知死活地走上前，追问："她去了哪里？"

左岸回过头，凄然地笑，眼角明亮，他说："我不知道。也许是，天堂。"

三　左岸的女朋友

第二天，我去依然的教室找他，他正趴在桌子上睡觉。我走过去使劲摇晃他，说："依然依然你快出来，我有话跟你说！"

他睁开红红的眼睛，说："大小姐，我真的很困啊。"可他嘴里虽然这么说，身体却还是很配合地站起来跟我一起往门外走。走到走廊，他撑开双手跳到窗台上，说："小染，你是不是来问我左岸的事情？"

我说："是啊，不过你先告诉我，昨天晚上那个贼眉鼠眼跟在我们后面的人影是不是你呀？"

依然很不爽地撇撇嘴，避而不答，说："你还想不想让我告诉你左岸的事情了？"

我深深地点头。

依然斜眼看我，叹了口气，说："左岸的女朋友两年前得了骨癌，去英国治疗，现在已经跟他断了联络，怕是凶多吉少了。"

原来是这样。怪不得左岸的背影那样孤单。我拍拍依然的肩膀，说："依然，我会让左岸忘记这些伤痛，给他幸福。"依然望向窗外，半晌，淡淡地说："我也希望，你能幸福。"

我定定地看着他，忽然觉得今天的他跟平常有些不一样。

傍晚，暮色四合。当我等在左岸教室的门口，双手将衣服还给他的时候，我低着头，小声地说："左岸，你可不可以，试着，喜欢我？"

左岸愣愣地看我，良久良久，伸手揉乱我的短发，将我的头贴在他的心口上，说："小丫头，我可以试着喜欢你，可是，这个尝试未必会成功。"

我靠在他怀里，眼泪忽然就落下来。

四　左岸的离别

左岸成了我男朋友，眼里冰冷的雾气越来越少，嘴角的笑容越来越多。这才是真正的左岸吧。萧依然是学生会副主席，与左岸有许多工作上的来往，总是很不识相地跟在我们身边。可是三人同行的日子也是很开心的，一个是我深爱的男孩子，一个是自初中起就对我呵护备至的学长，我还有什么遗憾呢。那是我记忆中最美好的一段日子。

直到那一天，当我们三个坐在学校旁边的 KFC 喝果汁的时候，有一个美丽的长发女孩哭泣着走到我们面前，直直地看着左岸，说："左岸，我回来了。”

左岸抬头，手中的杯子掉到地上，眼睛里闪烁着我从来没有见过的光亮，里面包含着疼痛与惊喜的混合成分。我抓起橙汁大口地喝，心中惴惴。

左岸一把拥住她，说：“言秋，太好了，你没事了。”

我仰头看着他们，怔怔地，惴惴地，不知此刻的自己应该说些什么，做些什么，依然在桌子下面握住我的手，紧紧地。

当言秋望向我和依然的时候，左岸说出一句让我失望到底的话。他说：“这是小染，依然的女朋友。”

我睁大了眼睛，望着左岸，不能相信这句话是由他口中说出。在我的眼泪奔涌而出之前，依然拉着我的手离开，说：“左岸，你跟言秋聊吧，我们先走了。”

我任由他拉着，一直走一直走，走到天都黑下来。我猛地甩开他的手，说：“依然，是不是连你也要联合他们这样对我？”

依然叹口气，说：“左岸也有他的难处。如果是我，我也会这样做的。小染，你要站在他的立场为他考虑。”

“那，谁又站在我的立场为我考虑呢？她回来了，我就什么都不是了么？”我哭着扯过依然的袖子。一直以来，我都是这样跟他撒娇的。

依然忽然一把抱住我，说：“小染，那说明你不够爱他。真正爱一个人，会把她放在至高无上的位置上的。她的幸福，要比自己的幸福重要千万倍。”

我怔住，从来不知道，依然的拥抱会是这样温暖宽厚的。

依然的下巴抵在我的头顶，他说：“小染，你一向是个聪明的女孩子。可是，为什么直到现在，你都不知道最爱你的人是谁？”

我怔住，依然，他不会是，喜欢我吧？

依然继续开口，说：“小染你知道吗，那天你在宿舍楼下看到的人影的确是我。我知道那天左岸会在海边放烟花，也知道以你的性格你一定会出去看。我本想在你们相遇之前拦住你，告诉你我是多么喜欢你。可是当我想起你看到左岸时眼睛里独特的光彩，我犹豫了，我觉得我不应该阻碍你追逐真正的幸福。”

我恍然。伸手环住依然，却什么也说不出。

“可是现在，小染，左岸已经不能给你幸福了。你可不可以，试着，喜欢我？”

依然的声音有些颤抖，满满地蕴着羞涩与希冀，竟是那天我对左岸告白的话。

依然，我真的直到现在才知道，你，喜欢我。

萧依然双手握着我的肩膀，说：“即使岁月如梭，即使事隔多年，即使我们已经彼此远离，小染，请你记得，依然，依然爱你。”

我回想起从前与依然在一起的点点滴滴，眼泪汹涌而至。

原来，最远的幸福，在最近的身边。

五　日记里没有我的名字

如左岸所言，萧依然成了颜小染的男朋友。很多时候我们会与左岸擦肩而过，左岸看我的眼神里有留恋，却不够坚定。

没有想到的是，言秋竟成了我的室友，她的病耽搁了学业，降一年刚好到了我们班。她看我的眼神总是有些凌厉，想必我与左岸之间的风言风语，她多少是听过的吧。我一直未曾与她讲话，左岸始终是我心中的死穴，解不开的结。

本以为我们可以一直这样相安无事。可是忽然有一天，我发现我放在抽屉里的日记本不见了。开始我并没有在意，以为是马虎的自己不小心塞到了哪里，也没有放在心上。

第二天，我从宿舍走去教学楼上课，忽然发现大门口的宣传栏边围满了人。有人回头看见我，人群轰一下就散了。我不解，走过去一看，心忽然像针刺一样难受。

我的日记被一页一页撕下来贴在那里，但凡有左岸的句子都被人在底下画了红线，宣传栏的标题上写着：单恋。

依然忽然走过来，帮我撕下那些纸，说："有人说这是言秋贴的。别难过，她这样做说明她嫉妒你。也许左岸真正喜欢的，始终是你。"

我怔怔地看着他，不明白他为什么会忽然这么说。

依然继续说："小染，你的日记里从来都没有出现过我的名字。这是让我最难过的事。不要勉强自己，无法喜欢我的话，就去找左岸吧。"说完，依然飞快地朝校门口跑去。他从来不愿意让我看见他的眼泪。

我望着他的背影，大声地喊："不是的依然。不是的。"日记里没有你的名字，是因为，你的名字已经烂在我心里，永远挥之不去。

可是这些话，我竟再没有机会说给他听。

学校门口是一条繁华的马路。

当我们内心波动太大的时候，常常会忽视身边的环境。我眼看着依然直直地冲向马路，眼看着一辆红色的出租车直直地撞向他。我听见一座城轰然崩塌的声音。

六　消失的，忘记了

很多时候，我喜欢默默地跟在依然身后，踩着他的背影，然后在他回头的瞬间慌乱地望向别处。

他说："小妹妹，我们是不是认识？"

我点点头，然后又摇了摇头。

他耸耸肩，戴上耳机继续前行。

庆幸的是，那场车祸以后，依然他依旧安好。

他只是，忘记了我是谁。

我想我不应再打扰他的生活。一直以来，都是我在伤害他。

可是我始终无法忘记，很多年以前，萧依然曾在草长莺飞的季节双手紧握我的肩膀，说："即使岁月如梭，即使事隔多年，即使我们已经彼此远离，小染，请你记得，依然，依然爱你。"

珍珠奶茶的演唱会

很久很久以前，杜小楼每天早晨都会递给我一份大杯的珍珠奶茶。他细致而温暖的体贴拯救了我的胃，可是我却伤害了他的心。

一

杜小楼面无表情地递给我一杯珍珠奶茶，说："你别总是大早晨的喝可乐，你的胃本来就不好。"我接过来大口地喝，喝完了一大半后舔舔嘴唇说："杜小楼你怎么这么厉害呀，这可是郊外的新校区啊，你怎么还一大早跑到商业街去散步呢。"杜小楼依旧面无表情，什么话也没有说。

我是在很偶然的机会中认识杜小楼的，他是凌司的室友。凌司是学校里叱咤风云的人物，文化传播学院的骄傲。他在这座城市里最红的电台里当主播，单凭声音就迷倒了无数花季少女。可是他本人比他的声音更有吸引力，漆黑如墨的眸子像熟透了的葡萄，诱惑了我这只贪婪的小狐狸。刚开始，接近杜小楼只是我喜欢凌司的一个副产品，那就是对跟他有关的人和事都有浓重的好奇心。我得知杜小楼每天清晨都会跑到商业街去散步，便以买珍珠奶茶为借口与他同行，借此与他攀谈，打听凌司的行踪和喜好。后来我因为贪睡而放弃了散步，杜小楼便开始每天自动自觉地帮我带大杯的珍珠奶茶回来。

我很少在学校里见到凌司，他不是录节目就是出席某个文艺活动，受欢迎的程度可媲美一个刚出道的明星。倒是杜小楼，总是冷着一张脸在我身边面无表情地晃来晃去，上大课的时候能碰到，去图书馆能碰到，连去打印社都能碰到。我说："杜小楼你怎么总跟着我啊。"杜小楼眨巴一下眼睛说："我还想问你为什么总跟着我呢。"然后两个人面面相觑，一起撇了撇嘴说："反正都碰到了，一起吃饭去吧。"

我从不放过任何打探凌司消息的机会，我问杜小楼："你告诉我凌司没女朋友那是真的吗？像他这么优秀的大龄青年怎么会没女朋友呢？"杜小楼看了我的脸三分钟，说："我这个优秀的大龄青年不也一样没有女朋友。"

很多时候他也会认真地给我讲许多有关凌司的事情，比如凌司喜欢在半夜的时候坐在窗台上对着月亮唱歌，唱得最多的就是 BEYOND 的《真的爱你》。跟大多数男生不一样，凌司在寝室的时候也是个很干净的人，衣服袜子都按时洗，被子也叠得整整齐齐。我听得如痴如醉，歪着脖子一动不动地望着杜小楼，却看不到迎面而来的摩托车。杜小楼一把将我拽到他身边，他的手机却应声掉在地上，温暖的手掌在我白皙的胳膊上留下一道红彤彤的掌印，总是面无表情的一张脸上泛起隐隐的波澜，他一边俯身捡地上的手机碎片一边声音平静地对我说："以后你走里面，外面车多。"在那一瞬间我真的有些恍惚，当杜小楼的女朋友，应该也是很幸福的一件事吧。我想起那些风雨不误的珍珠奶茶，其实他对我好我怎么会不知道呢。

第二天我陪杜小楼去商业街买手机，他挑了个 NOKIA7210，笑嘻嘻地对我说："其实我早就想换手机了，我一直想要个跟你同一款式的。"我愣了一会，撇撇嘴说："你真没个性啊，人家用什么你就用什么。"杜小楼不理我，拉着我笑眯眯地往外走。

走到商场门口的时候忽然被一个五十多岁的大婶拦住，硬塞给我们两张传单，说："小两口去看看房子吧，有免费看房车接送的，绿水家园，城北新建的小区，环境好，孩子上学也方便……"

我俩红了脸，低了头摆摆手要往外走，大婶一脸委屈地拉着我说："姑娘你就当帮阿姨个忙去看看吧，这趟车还差两个人就满了啊。"

我看看她花白的头发和一头的汗水，拽了拽杜小楼的袖子说："算了，去看看吧，就当一日游了。"杜小楼撇撇嘴耸耸肩，说："我无所谓，你要去就去，不过别人都会当我们是……那个什么的。"我看着他那副似笑非笑的表情，忽然觉得很快乐。

城北的房子还没有完全盖好，我们戴着建筑工地的帽子走到已经成型的房子里看格局，我忽然来了兴致，张牙舞爪地拉着杜小楼说："这套房子真的很好啊，阳台这么大，客厅也很宽，布置起来一定很漂亮。嗯，不过96.97平方米会不会小了点呢？两个人住正好，可是再多几个人地方就不够了啊……"

杜小楼扑哧笑了，说："再多几个人啊？国家规定只能生一个……"我扬起下巴看他，正对上他笑意融融的眸子，而那笑容忽然就凝住了，变得深深的，漆黑无底。这时有个年轻英俊的房产经纪端着小本子走过来说："这房子2098元一平方米，可以贷款的，我帮你们算过了，首付83443元就可以，分十年还一个月才1302.84元，很轻松的。"我吐了吐舌头说好贵好贵，恋恋不舍地又看了看这房子，想象着以后跟自己喜欢的人一起生活的样子,那应该就是幸福的轮廓吧?

可是我喜欢的人又在哪里呢?与我共度一生的人又会是谁呢?我喜欢凌司,可是他会喜欢我吗?

二

我真的无法放弃凌司,并且依旧坚持不懈地努力着。我的文章开始经常被电台采用,后来编辑打来电话说要我每周给电台情感节目做策划,而这个栏目的主持人就是凌司。我开始有很多机会接触凌司,而他,也终于注意到我的存在。

我与凌司渐渐熟络起来。其实杜小楼骗了我,凌司是有女朋友的,只是她远在新西兰,彼此很久都见不到面。我对自己说,没关系的,大多数的初恋都是以分手告终的。

其实,凌司也是我的初恋,我一个人的初恋。

晚上我打电话给杜小楼,我说:"杜小楼你骗我,凌司早就有女朋友的。"杜小楼顿了一下,答非所问地说:"柳真你最近忙什么呢,怎么总也碰不到你了。还有,凌司有女朋友了,可我没有,你为什么就不考虑我呢?"

我握着手机愣在那里,良久之后说:"喂,你刚才说什么?寝室信号不好。"

杜小楼干笑两声说:"那你早点睡吧,晚安。"从此以后,每晚十二点左右杜小楼都会发短信给我,只有两个字,晚安。

一直没有告诉杜小楼，我已经渐渐开始习惯每晚收到他的信息才睡，而那简单的“晚安”二字，也在漫长的冬夜里带给我许多温暖。

期末考试临近的时候我整日泡在图书馆里，凌司忙着在电台里主持新的娱乐节目，学校的功课早已不放在眼里。至于杜小楼，应该正在寝室悠闲地打电脑游戏吧，他从来就不是个临时抱佛脚的学生。

正在我百无聊赖地背书的时候，电话忽然响起好听的铃声，是光良的《童话》，这是只有凌司打来时才有的铃声。我开心得忘了形，忙不迭地接了电话大声说：“喂，凌司吗？你找我？”

忽然意识到自己的失态，这里是图书馆，所有人都要跑到走廊里去接电话的，而我却站在这里大喊凌司的名字。房间里的人齐刷刷地看着我，有人愠怒，有人戏谑，原来这个不起眼的女孩子喜欢凌司，恐怕她还不知道吧，喜欢凌司的女孩子绝对可以从食堂排到男生宿舍。然后我看见一个熟悉的身影拎着书包走路带风地冲了出去，很像杜小楼。

我装作若无其事的样子继续与凌司谈笑风生，却又清晰地感觉到心里有什么正一点一点地向下沉。

晚上我发短信给杜小楼：“听说过两天有个明星会来我们学校开歌友会，凌司帮我们拿到前排座位了，一起去看吧。”

这是明显的没话找话，凌司与杜小楼住同一个寝室，这样的消息他又怎么会不知道呢。

杜小楼没有回话，只是在十二点的时候发来了一句晚安。我习惯性地在收到这条短信之后关机睡觉。躺在冰凉的夜色里辗转反侧，脑海中浮现出杜小楼冲出图书馆时落寞而伤感的背影。

三

歌友会上人山人海，凌司在明星上台之前做嘉宾演唱，与主持人一起在前面抬杠搞气氛，在众人瞩目之下露出老练而迷人的笑容。他弹着电吉他唱了一首林俊杰的《一千年以后》，夹杂着女生的尖叫声，无数荧光棒被掷上去，也包括我手里的那根。然后我转过头去问杜小楼："凌司为什么不唱《真的爱你》呢，你不是说他最喜欢那首歌么？虽然我不是个很怀旧的人，但是还是觉得他唱那首歌会更有味道。"

杜小楼显然兴致很高，他压根没搭理我，只是指了指舞台上劲歌劲舞的帅哥美女，说："你看那个女的多漂亮。"我"哦"了一声，说："你是说左边第二个吗？她是我室友，叫倪锦。"杜小楼把头凑过来说："你有她电话吗？给我给我。"我承认我潜意识里很是不情愿，可是我还是若无其事地翻出手机。

歌友会唱到一半的时候杜小楼就走了，我左顾右盼找他的时候收到他的短信："我跟倪锦去天桥看星星了，你让凌司送你回去吧。"我十指翻飞地回复道："谢谢你给我创造机会了。"歌友会散场的时候凌司很配合地走过来说："柳真你怎么一个人留在这啊？我送你回寝室吧。"我很淑女地点点头，心花不动声色地怒放。

午夜的空气清澈微凉，我与凌司肩并肩沉默地走着，头顶那盏昏黄的路灯忽然就灭了，我们不约而同地抬起头，这是一个晴朗的夜晚，星空美丽异常。凌司低下头，捧起我的脸细细地吻。

幸福铺天盖地，我闻到了珍珠奶茶的味道。在那一瞬间，我脑中浮现出杜小楼那张面无表情的脸。

四

第二天，我成了凌司的女朋友，倪锦成了杜小楼的女朋友。四个人常常在这个城市里狭路相逢，我礼貌地对倪锦点头微笑，再不去看杜小楼的眼睛。很多时候，我会怀念那曾经风雨不误的珍珠奶茶。

也许是为了感谢我撮合了她和杜小楼，倪锦开始对我很好，常常在考试之前帮我印好笔记和复习提纲，甚至偶尔会买珍珠奶茶给我喝。可她越是这样，我就越觉得自己想念杜小楼是错误的，渐渐地，连过年过节时的问候都省了。

时间悠悠地走，人生中最好的时光就这么过去了。毕业了，我跟凌司去了北京，而杜小楼跟倪锦去了上海。南南北北，聚散离合，人生也不过如此。

一年以后，凌司以前的女朋友从新西兰回来，我知道他夹在我们中间很辛苦。于是我选择离开，只身回到那个承载了我四年青春的城市。分手的时候竟然没有特别难过，我忽然明白，每个人的青春里都会出现那样一个让我们尽情迷恋的人，所有的酸涩苦楚都在那个人身上尽数品尝。我们都会有那样一个人，这与他是谁无关。我们虔诚地等待他来了又走，只留下一道透明而隽永的伤痕，封住记忆，封住单纯。然后我们就长大了，更懂得如何爱与被爱。很多时候，我们最迷恋的人，却未必是自己最爱的人。

一日与同事在商场买东西,竟然遇到穿着孕妇装的倪锦,我的眼睛瞪得圆圆的,一句话也说不出。

倪锦走过来很热情地抱了抱我说:“好久不见啊柳真,这些年你过得好吗?柳真你怎么不说话?哦,你在担心杜小楼吧?实话告诉你吧,当年那些复习题和珍珠奶茶其实都是杜小楼帮你准备的。我们从来就没有开始过。”她的声音多少包含着愤恨的成分,听得我泪流满面。手机里存着的是杜小楼很多年以前的电话号码,我没有勇气拨过去,因为我怕听到那个好听的女声说:“对不起,您所拨打的号码是空号。”

不久之后BEYOND乐队来这里开演唱会,我花了半个月薪水买了一张贵宾票,听着那些曾经的歌怀念过去的日子,在场的许多人都哭了。当他们唱到《真的爱你》这首歌的时候,我颤抖着手拨通了杜小楼的电话,我高高地向前举起手机,不去听话筒里的声音。杜小楼,我多想跟你一起听这首你最喜欢的歌。

其实当年喜欢在半夜的时候坐在窗台上对着月亮唱《真的爱你》的人是你。在寝室把被子叠得整整齐齐的也是你。杜小楼,你以为我真的不知道吗?可是我不能去找你啊,你细致而温暖的体贴曾经拯救了我的胃,可我却伤害了你的心。

演唱会结束后我把手机放在耳边,里面女声一遍又一遍地说您所拨打的号码是空号,我的眼泪大片大片地落下来,你最喜欢的歌已经唱完了,BEYOND很可能再也不来沈阳开演唱会了,我是不是再也见不到你了呢?

演唱会散场了，喜悦未平的人们说笑着从我身边走过，我独自站在这里，一时间不知道该往哪里走。忽然有人碰了碰我的手臂说："请问你是柳真小姐吗?"对方是一个有些眼熟的小伙子，可是我想不起来在哪里见过他。

他看见我疑惑的眼神，笑着说："你不记得了吗？我是绿水家园的房产经纪啊，当时你跟杜先生一起来看过房子的。"

我恍然大悟。当年和杜小楼一起看房子的情和景一起涌入我脑中，鼻子忽地一酸。我牵了牵嘴角说："是你啊，我记得了。"

"柳小姐为什么一直没搬过去住呢？杜先生用你的名字买了那栋房子，他已经付了两年款了，他自己也没过去住，房子一直空着。"他脸上满是惋惜的神情。

我惊讶地望着他，什么话也说不出。

"还有，其实最近我们公司一直都在找你，可是一直都联络不上。杜先生他，他已经有六个月没有付房款了，他公司里的人说他是被派到南京公干了，可是不知道什么原因他没有再回来……不知柳小姐你能不能帮我找到他?"那个经纪声音越来越小，因为我的眼泪越来越汹涌。

所有的事情都来得太突然了。杜小楼从来就不是一个虎头蛇尾不负责任的人，他究竟到哪里去了呢?

我不知道当时自己是什么表情，我只记得自己瞪大了眼睛，泪水簌簌地落下来，大片大片地晕湿了我的衣襟。杜小楼，此时此刻我愿用我余下的生命来换取你的平安无恙你知道吗?

第二天我搬到了那栋房子里，按照曾经的想法布置了那房子，客厅里没有摆沙发，只在厚厚的地毯上放了几个蓬软的靠垫。屋子里的窗帘都是碧蓝色的，天空一样的颜色。阳台上有两张柔软的摇椅，可以让我和自己喜欢的人一直躺到老。

杜小楼你知道吗，这座房子对我来说就是一个家，而我听过一句广告词说，家是放“心”的地方。如果你的心还在我这里，那么你迟早会回到这里的，是不是？

小情歌与无爱城

事后想来，也许自己所迷恋的，不过是这种都市男女的感觉。

坐他开的车，听他听的歌。有他在的聚会，便有动力盛装出席。一点一滴，事后都仿佛回味无穷。

从浅浅暧昧到寂寞深爱，究竟走了几个步骤花了几多时光。

其实都只是虚幻。

一

90 多平方的 18 层精装公寓，是很适合都市单身女性居住的。

潇潇坐在曲宁最喜欢的竹制摇摇椅上，一边擦指甲油一边说："一般人遇到你这种情况吧，百分之九十九点九都会放弃了。可你就是不肯，也不知在跟谁较劲。"

曲宁穿着睡衣坐在地板上，浑身软绵绵的，不禁想起两个月前，潇潇也曾躺在这张椅子上涂指甲油，但是那时候她的台词是：喜欢的话就跟他表白啊，咱大宝贝才貌双全，有什么好怕的？他对你车接车送，百依百顺，不是喜欢你是什么？

那时曲宁抿嘴一笑，带着一丝丝甜蜜和骄傲说："再看看吧，现在也不确定他就是我想要的那个人。"

现在回头一看，那段日子是多么美好。她还那么矜贵，并且充满了希望。进可攻退可守，俨然还可以置身事外。

可是现在呢?

平等地位的局面已经不复存在。他吃定了她,玩尽当下“三不”男人的手段,不主动,不负责,不拒绝。像钓鱼一样吊着她,时不时扔下一块饵儿,曲宁思前想后地接过来吞了,转身却想要得更多。

潇潇见曲宁不说话,又补了一句:“有时候,该放手就得放手了。不然你倒追他的事儿传出去了,你怎么继续在那个朋友圈里混?”

曲宁拿起一个靠垫朝潇潇扔过去,可终究是底气不足,飞到半路就掉落到地上。曲宁坐在地板上,忽然掩面哭起来,泪水渗进苍白的十指缝里,像细而温热的丝,凄楚而倦怠。

潇潇慌了,心中暗悔自己刺到了她的痛处,放下指甲油刚想走过去,房门却在此时被打开。

“吱”的一声,一束光打破了房间里尴尬的沉寂。

一个身穿米色西装的青年人拿着钥匙走进来,见到眼前的情景,倏忽一愣。单身公寓的小客厅一目了然,曲宁仍只顾着埋头痛哭,潇潇却从摇摇椅上跳起来,半晌,惊喜地吐出两个字:“表哥。”

“表哥”扫一眼蜷在地上的曲宁,怔了怔,露出一个温润的微笑,看向潇潇,说:“舅妈说你家没人,让我自己过来取几袋蜂胶。”

澳洲特产的蜂胶,带回来做手信得体又实惠,全家二十几口人人手几袋,潇潇独独扣下了表哥那一份。她本想利用这些蜂胶安排一次曲宁与表哥的会面。只是没想到,阴错阳差成就了这样一场有点巧合意味的初遇。

其实,作为厮混多年的闺蜜,潇潇是真的为曲宁好。

二

曲宁一直觉得，自己与叶楚原的条件大致是匹配的，甚至在外貌和才学上，自己要略胜一筹。

所以在最初的时候，她从未想过自己有一天会被这样一个男人迷得神魂颠倒。或许，在爱上他之前，她根本不知道自己真正要的是什么。

日久生情。平淡无奇又顺理成章的剧情，发生在曲宁与叶楚原身上，简直毫无悬念。

所以时至今日，曲宁依然无法放弃，大部分是因为心有不甘吧。她总是想不明白，为什么曾经看起来势均力敌的两个人，如今却成了她一个人在仰望。

叶楚原大她两岁，已经工作两年，开 2.0 的银白色速腾，住十二楼的单身公寓，家境优渥，工作稳定。而她，中文系研究生在读，网络上的青春写手，时间充裕，衣着光鲜，学历高人一等，长相在研究生里也算不错的。再加上家境好，难免也有些都市女孩的坏毛病。

比如娇生惯养，眼高于顶。

他们初见，是在 2008 年的冬日。双星伴月，她后来才知道，那日竟是难得一见的天象。曲宁作为知名网络写手应邀去上海参加笔会，飞回沈阳的时候是又冷又黑的夜，碰巧最好的朋友刚买了新车做陪嫁，便顺理成章让她老公来接机。

认识十几年了，已与这对夫妻处得不分你我，所以即使一路在飞机上睡得满脸是油，曲宁也未在意。不修边幅地拖着行李走出关卡，却发现好友老公身边站了一个陌生男人。

其实也并不是多打眼的一个男人。卷发，中等身量，皮肤不算白，但是也不黑，鼻梁上架着金丝边眼镜，一双眼睛有些弯，仿佛弥漫了笑意，却又让人看不透。那时曲宁哪想到会有后来一番恩怨曲折，只当他是寻常不过的路人甲，大方上前笑着打招呼："你好，我是曲宁。"

他礼貌地握了握她的手，说："我叫叶楚原。"

日后曲宁也曾百转千回地想起那个场景，难免诧异当初的自己，为何就能对那双漂亮的手视而不见。如果她能早点知道自己的心意，如果她能有计划地在他面前掩饰自己所有不合人妻标准的品性，他们之间的结果，是不是就会好一点？

"现在想想，也不过就认识半年而已，怎么就莫名其妙地喜欢他了呢？"曲宁撑着下巴，满是困惑地说。

潇潇听这些话已经无数遍，此时见曲宁满脸泪痕也不忍打断，看一眼坐在一旁的表哥，挤眉弄眼地说："宁儿啊，陪我去下洗手间吧。"

曲宁无奈之下只好起身陪同，走到转弯处被狠狠捶了一记。潇潇有些怒："这些祥林嫂的说辞你在我面前说就好了，在我表哥面前说什么？你就真不给自己留条后路吗？"潇潇抱着手臂，说，"我表哥是什么货色？东大博士，年薪十万，在沈阳这地方还想怎么的，外面有多少小娘们天天在他家门口打架你知不知道？不比你那什么叶楚原强多了？"

曲宁这才意识到潇潇竟有让自己做她未来表嫂的企图。慌忙摆摆手，无辜地眨了眨眼睛，说："我对你表哥没感觉，兔子不吃窝边草，我都够乱了，你还瞎起哄。”

潇潇哼了一声，说：“刚认识叶楚原那会儿，你不也说对人家没感觉，兔子不吃窝边草么？可是看看你现在这死德性，还好意思跟我装。”

一提叶楚原，原本义正词严的曲宁就泄了气。潇潇心软，但仍是哀其不幸怒其不争，又是一口爽利的东北话：“瘪茄子了吧？早干吗来着？那样条件的爷们，刚认识的时候不赶紧摁住了，三个月后才下手，人家能剩下来给你留着吗？现在趁我表哥还没主呢，还不吸取前车之鉴！”

“那你表哥青年才俊，有车有房，怎么又剩到现在便宜我了？肯定不是特别花心就是有什么特殊癖好！”曲宁没好气地跟潇潇抬杠，其实这话也没怎么过脑子，侧头却见“表哥”正站在洗手间的走廊里，虽然是背光却也能看出他脸微微红了一下，顿了顿，走上前来说：“对不起啊，公司有点事，我得先走一步。账已经结了，潇潇，一会你开我的车送曲宁回去吧。”

曲宁猜想他是听到了刚才那番话，顿时有些不好意思，低低地说了声：“谢谢。”

潇潇见他们两个尴尬的样子，扑哧一笑，说：“我表哥的本田雅阁可不是随便借人开的。”接着又凑到曲宁耳边小声说，“2.4 的呀！可比叶楚原那辆 2.0 的速腾贵出好几万呢！”

三

夜晚的沈阳，风里的凉是带着干燥的。与南方的湿热不同，不粘腻,风里都有一种北方特有的爽朗洒脱。

潇潇的开车技术是女生中少见的好。一路上风驰电掣,窗外的夜景那么熟悉,朦胧霓虹的光影,倒映在车窗上,像极了港片里的开场画面。

原来,不知不觉间,这个城市已经发展得像电影片段一样繁华了。

曲宁又想起了叶楚原。

坐他开的车,听他听的歌。

起初吸引她的,也许就是那种共处在狭小空间里的温馨与惬意。他戴的金丝边眼镜,跟车窗一起折射着午夜的霓虹。外面下着雨,他开车到她家楼下,接她去他们共同认识的好友家吃火锅。

因为有他接送的缘故,曲宁终于有机会穿那双七寸高的细跟鞋。新世界买的,持金卡打了折还要八百多块,可是实在喜欢它鞋面上精致的刺绣,一咬牙,就买下来了。一直没机会穿,他是第一个观众。

叶楚原看起来并不像个花花公子,可是他了解女生所钟爱的一切。那天见到曲宁,他说:"你的鞋子很漂亮。这款香水也不错,只是味道有点太浓了。"

说着他按下了车窗,外面的清澈空气涌进来,冲淡了车里的香水味。昏暗中,曲宁有些尴尬,嘿嘿笑笑,半是自嘲,半是解释,说:"着急出门,就喷多了。"

他侧过头看她一眼,笑了一下,镜片后的眼睛弯弯如月,说:"下次少喷一点吧。恰到好处,才会更迷人。"

曲宁听了这话,无端地,心头一跳。

几个年轻男女凑在一起过周末，大多是关系确定了的情侣，只有他们两个是单身，顺理成章被当作是一对。众人拿他们开玩笑的时候，叶楚原总是不置可否地微笑，曲宁也尽力不表现出羞涩的样子，心里的感觉却渐渐变了。

好像越来越喜欢被人误会与他的关系。

朋友家里有只纯种的英国短毛猫。深蓝色的厚皮毛，像个绒毛玩具。曲宁喜欢得不得了，吃完饭就把它抱在怀里。叶楚原伸出修长白皙的手，从她怀里把猫接过来，那个动作那么顺畅，那么自然，仿佛他们是相处了许多年的夫妻，他对她说："你看，这猫长得有点像你呢。眼睛圆圆的，脸也圆圆的。"

曲宁作势去捶打他，笑着说："最后一句掐了别播。你脸才圆呢，你全家脸都圆！"

这时其他朋友都在饭厅里吃西瓜。客厅里只有他们俩，没开灯，沙发松软。一不小心就差点陷进了他怀里，叶楚原扶起她，手指修长而温暖。

他的手真是很漂亮啊，曲宁心想。

吃过火锅后一起玩牌，输了的人要喝酒。叶楚原要开车，没有办法喝，众人便起哄说让曲宁替他喝。

通常只有关系确定的情侣才会这样替着喝，大家明摆着在拿他们打趣。叶楚原也不阻拦，反倒跟着起哄，说："反正我要送你回家的。我喝了酒，你也不放心坐我的车不是？"

曲宁嗔他一眼，心里却萌生出一丝甜意来。一晚上半推半就替他喝了好几杯，醉眼蒙眬中，叶楚原的笑容看起来有些温存。

事后想来，也许自己所迷恋的，不过是这种都市男女的感觉。坐他开的车，听他听的歌。有他在的聚会，她便有动力盛装出席。一点一滴，事后都仿佛回味无穷。

从浅浅暧昧到寂寞深爱，究竟走了几个步骤，花了几多时光。

其实都只是虚幻。

十字路口赶上红灯，潇潇见曲宁一路沉默，便问："想什么呢？——你看我表哥多绅士，长得也比那个叶楚原强吧？"

叶楚原三个字话音还没落，曲宁竟真就在车窗外看到了他。

他坐在那辆银色的速腾上，副驾驶的位置上坐着一个陌生的女子。曲宁奋力看过去，冒着被叶楚原发现的危险。

她曾经坐过的位置上，现在坐着的不过是个姿色平庸的女子。眼睛不大不小，皮肤不白不黑，看起来并不怎么打眼。有时候女人的心理是很奇怪的，输给一个比自己强的，一万个不甘心之后，便也罢了。输给一个不如自己的，泄气之余，就说不清是何滋味了。

潇潇顺着曲宁僵住的目光看过去，说："哎？那人不是叶楚原吗？"说完也双眼像聚光灯似的看向他身边的女生，半晌，忽然骂了一声："操，怎么是胡晓池那小娘们？"

四

小娘们叫胡晓池，是潇潇前男友的前女友。这个关系乍一听有点复杂。

其实胡晓池总体素质也不差，但是论学历，论样貌，都比曲宁略逊一筹。但是她最大的亮点，在于她父亲的正厅级。

曲宁觉得自己竟然碰到这种肥皂剧般的桥段，可真是恶俗。

潇潇提到“小娘们”时也没怎么咬牙切齿，只是有点不屑，说：“她被我前男友给甩了，然后我跟他处的时候她又跑来要求复合，俩人夹缠不清的，我索性就不跟他们玩了。”

这话说起来云淡风轻，可是曲宁知道，对于那个前男友，潇潇是很认真的。投入了许多心血，时间，还有钱。在墨尔本的时候，他们互赠的礼物都是万宝龙和宝格丽级别的，回国之后买奢侈品很亏，可他生日的时候，她还是花了几千块买爱马仕的皮带给他。毕竟那是家境优渥的男孩子，送便宜的东西，他也不会用。

其实同是马上就要过了25岁的女孩子，彼此心里都明白，这时候能遇上个条件好，又有感觉的男孩子是多么的不容易。尤其是她们这样自身条件不差，又对爱情怀有憧憬的受过高等教育的女硕士。

光是学历，就可以让她们自以为是。而自以为是的女人，通常容易被男人喜欢，却不容易被他们所选择。

从18楼望下去，远远能看见沈阳城里的北陵公园。

那是皇太极的陵墓，红墙围着重重宫阙，夜色下被明亮的霓虹灯装饰着，也还有些古色古香的样子。

两个女孩一起扶着窗台往下望。90平方的不大不小的空间里，加湿器冒着白花花的雾气，茶几上搁着一个笔记本，酷我音乐盒里放着不知名的歌。

潇潇忽然开口，说："曲宁，我ex跟胡晓池都是高干子弟，一个大院儿长大的。劝你一句，放手吧，她虽然长得磕碜点，可是背景实在是强。"

曲宁眼神有点飘飘的，问："ex是什么？"

潇潇敲一下她的脑袋，说："ex-boyfriend，就是前男友。拜他所赐，我有了ex情敌，失去了ex-dog。"

曲宁被潇潇逗笑了，说："啊，你是说你们分手的时候他拿走了你家的白色小萨摩是吧？可惜了，那小狗品种很纯，品相又好。"

说完忽然又想起好友家的纯种英国短毛猫，想起他从她怀里抱它的样子。

不由一阵心酸。

她想起不久前的一个夜晚，自己曾发短信给叶楚原，她说："我喜欢你。"

叶楚原半小时后才回复，他说："我知道。"

那时曲宁心绪完全乱了，打电话过去，他没有接。

或许喜欢一个人，就是给他折磨你的权利。曲宁一晚上抱着手机，眼睁睁地看着再也没闪过的屏幕发呆。

那个夜晚，两个女孩因为胡晓池的缘故，心里都有些不是滋味。潇潇被表哥接走之后，曲宁一个人待在这90平方里，忽然觉得空落落的。坐到茶几前的地毯上想关了笔记本去睡觉，握着鼠标，却点进了自己的空间。

闪烁的画面上，是一排排苍白而矫情的文字。

原来，自己竟已陷得那么深。

那么多隐藏的日志，每一篇，都是关于他。

6月19日，2009年。

为你做点什么再走吧。哪怕其实无关痛痒。

这一刻沈阳大雨倾盆。我在电脑上看你的空间，听苏打绿的小情歌，忽然发现歌词里竟有你的名字。

莫名地，心中一动。

——只是，这些细小的缘分，于你，都是无关紧要的吧。

而我，也只能眼睁睁地望着你的过去，不知如何是好。

叶楚原网名叫歌颂者。苏打绿的《小情歌》里有这个词。曲宁在第一百零一次去校内看他网页的时候，看到了这首歌MV的分享。

曲宁很雀跃，像个破了案的侦探，为自己发现了他网名的出处而欣喜不已。

或许喜欢一个人，就是将自己变成一个任何人看来都很傻的傻瓜，也包括他，自己却不觉得。

他校内上有一张照片，是北京交大满地落叶的秋景。上面写着：当时你靠着我肩膀，说你最爱这一地秋黄。

曲宁看着这张照片不停揣摩，他定是有过一段爱得很深的过往吧，他受了伤，所以才不能接受一段新的恋情。她想象着那个女孩的模样，一定是白衣白裙，长发披肩，不施脂粉的。

——哎呀，怎么有点像女鬼?

曲宁一边想一边苦笑，望着窗外细雨如丝，心里萌生一个伟大的念想，就算他不喜欢自己，也要为他做点什么，也不枉她喜欢这一回。

第二天，她同城快递了一瓶香水给他，是 Dunhill 的一款 Desire，价值人民币八百多元。他收到之后，只是淡淡地在短信里说了声谢谢，然后就再无下文。

6 月 25 日，2009 年。

这样的深夜，忽然想再放起那首每次听时都会想起你的歌：听，海哭的声音。是谁又被伤了心，却还不清醒。

跟朋友从星巴克里走出来，四个人说说笑笑，我看一眼手机，又放回口袋里。霓虹灯层层熄灭，夜里的城市有细碎的风，抬头仰望星光黯淡的天空，胸口骤然一痛。

身边的朋友们说说笑笑，新婚小夫妻就要启程去香港购物，话题从 LV 跳跃到地铁的半价票，我站在最边上，轻声哼唱着那首《梦的点滴》。

是你独有的来电铃声。

可是一直一直，没有响起。

甚至傻傻地想过，是不是手机欠费了，是不是用了三年的 NOKIA 坏掉了。

可是原来，是我的脑子坏掉了。

那时临近期末，曲宁约叶楚原去上自习。他们念的是同一所学校，叶楚原是在职研究生，其实要比曲宁更紧张的。因为许多科目全日制的研究生只需要交篇论文就能拿到学分，而在职的却需要通过考试。

叶楚原没有拒绝，他说："看看吧，下班我打电话给你。"

她不用上班。她一整天都看不进去书，她打扮得很漂亮去星巴克，心想他下班了就叫他来。一小时，两小时，下班时间早过了，他的电话还是没有来。忍不住，拨过去给他，说："你在忙什么？"

电话那端的叶楚原好像真的很忙，他说："我这边有点事，忙完了给你打电话。"她连忙收了线，后来其他朋友来电话约她，便把他们也叫到了星巴克。

一共四个人，三个女生，唯一的男生是曲宁朋友的新婚老公。小资情调浓郁的咖啡味中，几个人东拉西扯，她也放下了书本。不时盯着手机屏幕，像是要把屏幕看穿。

他的电话却始终没有来。

她有点讨厌这样的自己。

可是，又有什么办法？

7 月 4 日，2009 年。

一直很想在这座校园里遇见你。

可是始终没有那样的邂逅，也许终究无缘。

关于你和我的小说，写了两个月还未写完，现在才明白，因为都是一场错觉。

永远都是，好朋友。

那天，是她跟他表白后的第一次碰面。

还是一群人去好友家吃火锅。那只深蓝色的英国短毛猫长得更胖了，她抱着它，隐隐希望他像从前一样过来拿，可是他没有。他与她始终保持着一个礼貌的距离。

叶楚原照旧送她回家。曲宁在踏上那辆银白色速腾的一刹那脆弱起来，这个空间里，承载着那么多他们的回忆，他真的就一点都没放在心上吗？

抬起头泪眼婆娑地问他："为什么？"

叶楚原笑了，眼神里隐约有一丝丝爱怜，他抱了她一下，说："我一直当你是好朋友。"

曲宁知道这是冠冕堂皇的回答。可还是控制不了自己，靠在他怀里，贪恋他们之间唯一的一点温存。

五

7 月 14 日，2009。

《不足的爱情》——昨天在好友家一起看了这个剧，被这个旋律折磨得不行。

那种悲伤，仿佛真的透过受伤女人的眼睛，蔓延到心里了。

也许因为我们内心深处，也有着同样的悲伤吧。

忽然很怀念从前的生活，远离棋局，心静如水，稿子第一，学业第二,周末跟好朋友相聚,唱歌看电影,抱一只蓝色肉球状的猫。

可是有多久,没有那样宁和的心情了呢?

不想把百转千回的思念,托付给不值得的人。

旅行回来之后,希望可以再变成从前的自己。

一心写稿子的,安静的宅女。

看着看着,QQ空间的日志列表就到了尽头。有一个多星期没更新了吧,口口声声说要忘了他,可是一天二十四小时,还是会时时刻刻地想起他。

大街上跑过一辆白色的大众车,身边走过与他穿戴一样的男子,都能让她想起他。商场里杰克·琼斯的专卖店,就在ONLY旁边,那是他们各自喜欢穿的两个牌子。曾经她总把这一切的巧合当作是命运安排的证据。好像听见观众们在说:“你看,他和她,多么的相配。”

可是现在呢?他躲着她,短信不回,电话不接,圈子里的聚会也总找借口不去。旁观者清,再这样下去,圈子里的朋友也都会看出来他们俩之间的事。

不能再这样下去了,曲宁心想。

洗了澡抱着笔记本上网,打定主意以后不要再想他了。可就在这时,校内新提醒的声音响起来,懒了很久才抬手去看,竟是他发过来的对话框——在她就要忘记他的时候。

“别总一点多发短信,哥回不了……”他说。

仿佛都能想象出,说这话时,他嬉皮笑脸却又微微透着英俊的样子。

潇潇的表哥约她出去，单独的，并没有叫上潇潇。曲宁想了想就答应了，放下电话之后她很文艺地想，书上不是说，最后陪你走进教堂共度一生的人，一定不是当初那个山盟海誓爱得死去活来的那一个，这就是人生。

东大毕业的博士，的确是有些底蕴的。他的本田雅阁，也不比叶楚原那辆银色的速腾差。送她回家的时候，他喜欢用iphone连上车里的播放器听歌，彼此间话并不多，曲宁侧头望着窗外——夜幕之下，光影缭乱的沈阳城，熟悉又虚幻。她心里想，如果在叶楚原之前先遇见他，会怎么样呢？

不咸不淡地交往了一个月，他说："我介绍我的哥们给你认识吧。以后，我也想见见你的朋友。"其实这样的话，从他这种学理工科出身不善言辞的男孩子口中说出来，其中的意思已经很明显了。曲宁却没能最终下定决心，她打哈哈岔开话题，说："好啊，人多热闹嘛。"

近几年来这种烤串店在沈城很火。

曲宁还没到，两个男孩子单独坐着，一旦喝起啤酒来，就卸下了平时温文尔雅的伪装。坐在靠窗位置上的男子戴着一副金丝边眼镜，他说："齐名，听说你找了个女作家？说起来也巧，前阵子我也碰到过一个。"

另外一个答："嗯，这女孩很有意思，第一次见面就在我表妹面前说我坏话，还被我给听见了——看多了在我面前拿腔拿调的女的，倒是更喜欢这样的。"

坐在他对面的男子笑笑，说："可能女作家都这样吧，比较单纯。我遇上的那个也不错，硕士生，长得算是小漂亮吧，可就是家里没什么背景，光有点小钱，有什么用?”

齐名喝一口啤酒，说:“听起来不错啊，也算是才貌双全了。”

“不只是才貌双全，还爱我爱得要死要活呢。”那男子脸上流露出掩饰不住的得意，说，“但是那样的女人，帮不上我什么忙，还特把自己当回事。——哎，其实她的条件是不错，可是跟我家小池一比，那还是差远了。”

齐名笑笑，说:“我听说了，你对象家有后台，不久之后就要把你升成你们单位的二把手了，真厉害啊。”

他脸上的得意更浓了些，有些喝多了，说:“哥们儿，我跟你说，天底下的女人都是一样的，好不好看，有没有才华，喜不喜欢你，能怎么样?关键还是看谁能真真正正地给你带来实惠啊。我家那位卸了妆之后跟鬼似的，又不解风情，可是娶了她，一辈子都能无忧无虑。这就是最好的选择。”

曲宁在他们身后站了很久，这时候方才迈步走上前去，看到叶楚原，故意露出一副惊讶的神情，却又不是那么熟稔的样子，她说:“哎，你是不是那个谁的朋友?过去我们好像见过的。”

叶楚原的酒劲儿，一下子醒了一半。

尾　声

那个晚上，回家的路上，曲宁对潇潇的表哥说:“齐名，我们以结婚为目的好好交往吧。我，会对你好的。”

忽然发觉，很长的一段时间里，她一直叫他“潇潇表哥”，连他的名字都不知道。可是原来，他才是她身边最真实的一个男人。

齐名脸上闪现惊喜，把车停在路边，握住了她的手。她继续说：“我明年就研究生毕业了，到时候我会去考公务员……我不会做饭，但是可以学，至于洗衣服擦地……”

那个晚上，她絮絮地说了很多，都是一些很现实的话题，说着说着，眼泪就掉了下来。

原来叶楚原不喜欢她，是因为这个原因。原来就算她再努力，他也不会爱上她的。因为在他心里，根本就没有那个爱字。——这也是这个城市里很多人都没有的东西吧。相亲，恋爱，结婚，看的是对方的条件，以及他（她）能给自己带来些什么，喜不喜欢，爱不爱，又有什么关系？

原来她爱上的，就是这样一个男人。

原来这个寂寞城市里所有缠绵的爱情故事，都跟她的小说一样，是一个人的想象。

其实不过一年而已。

却好像是最后的青春，投入了一生之中所有多余的情爱。

从此以后，按部就班，无牵无绊。